Sigló

DU MÊME AUTEUR

Trilogie « La Dame de Reykjavík »
(avec Hulda Hermannsdóttir)

La Dame de Reykjavík
Éditions de La Martinière, 2019
Points, 2020

L'Île au secret
Éditions de La Martinière, 2020

Série des « Enquêtes de Siglufjördur »
(avec Ari Thór Arason)
Dans l'ordre original de parution en Islande :

Snjór
Éditions de La Martinière, 2016
Points, 2017

Nátt
Éditions de La Martinière, 2018
Points, 2019

Sótt
Éditions de La Martinière, 2018
Points, 2019

Vík
Éditions de La Martinière, 2019
Points, 2020

Mörk
Éditions de La Martinière, 2017
Points, 2018

RAGNAR

JÓNASSON

Sigló

Traduit de l'islandais par Jean-Christophe Salaün

Éditions
de La Martinière

La première édition de ce roman a paru en France,
aux éditions de La Martinière, avant sa parution en Islande.

Titre islandais : *Vetrarmein*

Publié avec l'aimable autorisation de la Copenhagen Literary Agency A/S, Copenhagen

L'éditeur remercie Ólafur Valsson pour son aimable autorisation pour la reproduction des cartes de l'Islande et de Siglufjördur.

ISBN 978-2-7324-9351-0

À mes lecteurs français

C'est un remède à tous les maux de l'hiver.

Þ. Ragnar Jónasson (1913-2003),
Histoires de Siglufjördur, 1997

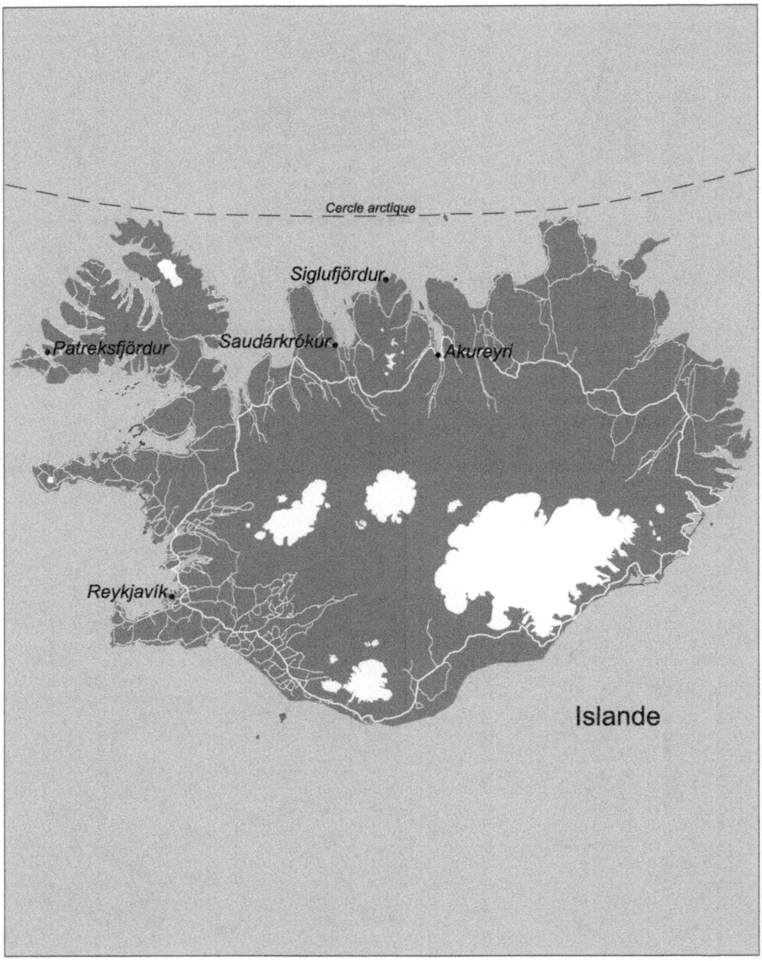
Cercle arctique
Siglufjördur
Patreksfjördur
Saudárkrókur
Akureyri
Reykjavík
Islande

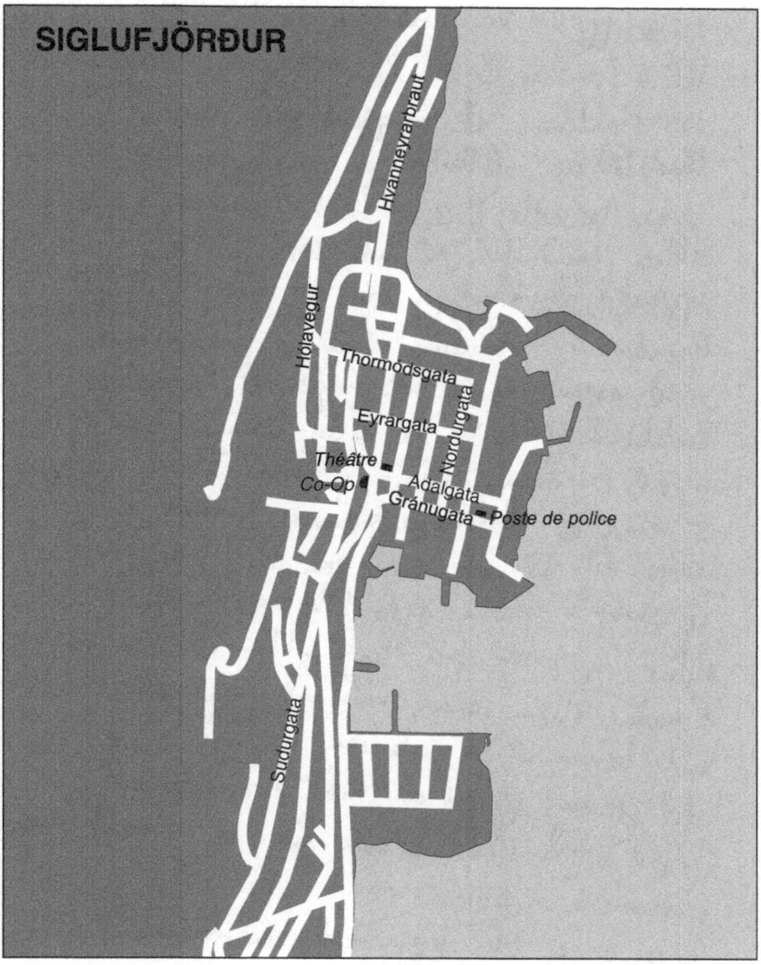
SIGLUFJÖRÐUR
Hvanneyrarbraut
Hólavegur
Thormódsgata
Nordurgata
Eyrargata
Théâtre
Co-Op
Adalgata
Gránugata
Poste de police
Sudurgata

Kæru lesendur

Fyrir fjórum árum kom fyrsta bókin mín út á frönsku, Snjór. Þá var ég á ferðalagi um Frakkland að fylgjast með íslenska landsliðinu í fótbolta og ævintýrum þess, í París, Marseille, Nice og Saint-Étienne. Ég hafði aldrei trúað því að árið 2016 yrði líka upphafið að ótrúlegu ævintýri mínu. Viðbrögð lesenda við bókunum mínum á frönsku hafa verið mögnuð og ég hef fengið að heimsækja Frakkland oft á ári og hitta lesendur t.d. í Lyon, Bordeaux, Toulouse og Caen. Frakkland er einn af eftirlætisstöðunum mínum og ég vonast til að geta varið enn meiri tíma þar.
Ég skrifaði þessa nýju bók um Ara fyrir ykkur og vildi því leyfa ykkur að lesa hana á undan öllum öðrum, meira að segja áður en hún kemur út á íslensku. Ég vona að þið hafið gaman af því að hitta Ara aftur og ef þið viljið senda honum línu er netfangið hans arithorarason@gmail.com.
Og nú er ég líka byrjaður að læra frönsku…

Merci de lire mon livre

Ragnar Jónasson

Chers lecteurs,

Il y a quatre ans sortait mon premier livre en français, *Snjór*. Je voyageais alors à travers la France pour suivre l'équipe d'Islande de football et ses exploits à Paris, Marseille, Nice et Saint-Étienne. Jamais je n'aurais cru que l'année 2016 constituerait aussi le début de mon incroyable aventure. Les réactions du public français à mes livres ont été formidables, et cela m'a donné l'occasion de visiter la France à de nombreuses reprises pour y rencontrer mes lecteurs, par exemple à Lyon, Bordeaux, Toulouse et Caen. La France demeure l'une de mes destinations favorites et j'espère pouvoir y passer encore plus de temps à l'avenir. J'ai écrit ce nouveau roman sur Ari pour vous, et je voulais vous permettre de le lire avant tout le monde, y compris avant sa publication en Islande. J'espère que vous aurez plaisir à retrouver Ari, et si vous voulez lui envoyer un petit message, son adresse mail est arithorarason@gmail.com.

J'ai aussi commencé à apprendre le français... *Merci de lire mon livre*

Ragnar Jónasson

Jeudi saint

1

– Police. Ari Thór Arason.

À l'autre bout du fil, un opérateur de la ligne d'urgence.

– On vient tout juste de nous appeler de Siglufjördur, vous êtes de garde ?

L'été, la nuit se confondait avec le jour à Siglufjördur, les journées n'avaient ni début ni fin. C'était dans ces moments qu'Ari se sentait le mieux, comme si rien ne pouvait l'arrêter.

Puis venaient les ténèbres hivernales et la neige.

Ari avait tout tenté pour s'endormir, rien ne fonctionnait. Il occupait encore la grande chambre dans sa maison de la rue Eyrargata. Cette même chambre qu'il avait partagée avec Kristín et le petit Stefnir avant leur départ pour la Suède.

Les abondantes chutes de neige qui touchaient la région en cette saison l'avaient lourdement affecté à une époque, mais il avait fini par s'y faire, et désormais il ne se sentait plus que rarement atteint de claustrophobie. De même, Reykjavík ne lui manquait presque plus. La capitale jouissait d'une prospérité nouvelle, mais à vrai dire, Siglufjördur en bénéficiait aussi. Chaque été, des touristes venus du monde entier affluaient dans la petite ville, et l'hiver, de nombreux voyageurs, majoritairement islandais, venaient faire du ski. Les vacances de Pâques étaient particulièrement populaires et le week-end s'annonçait chargé sur les pistes.

La trentaine passée, Ari avait la sensation d'être revenu au point de départ. Il vivait seul, ne voyait presque jamais son fils, et n'imaginait pas parvenir à sauver un jour sa relation avec Kristín ; tous les recours avaient pour ainsi dire été épuisés.

En vérité, il s'était constitué une routine plutôt agréable et n'était pas sûr de vouloir menacer cet équilibre. Devenu inspecteur, il dirigeait aujourd'hui le poste de police, et à présent qu'il avait atteint cet objectif de longue date, il lui fallait déterminer s'il comptait s'arrêter là ou tenter de poursuivre sa progression. Difficile toutefois d'envisager d'évoluer à Siglufjördur – il aurait beau donner le meilleur de lui-même, personne ne serait là pour en être témoin.

Tómas, son ancien supérieur, l'avait encouragé à suivre son exemple et à repartir vers la capitale, promettant qu'on l'y accueillerait à bras ouverts. Il n'avait cependant pas renouvelé son offre depuis longtemps, et Ari n'était pas certain qu'elle soit encore d'actualité. Par ailleurs, Tómas n'était plus tout jeune, et lorsqu'il partirait à la retraite, Ari n'aurait plus le moindre allié au commissariat de Reykjavík. Cette porte refermée, il serait sans doute bloqué dans le Nord, que cela lui plaise ou non.

Les préoccupations sur son avenir l'assaillaient surtout au cœur de la nuit, comme à cet instant. Une fois le soleil levé, il s'efforçait de les chasser de son esprit, convaincu qu'à chaque jour suffit sa peine. Mais il était conscient qu'il fallait y réfléchir et qu'il devrait bientôt se décider. Peut-être finirait-il par se rendre compte que sa place était tout simplement ici, à Siglufjördur.

Quoi qu'il en soit, le week-end de Pâques ne lui laisserait pas le temps de se morfondre à ce sujet, car il aurait bientôt l'immense joie de retrouver le petit Stefnir. Il avait eu trois ans à Noël, et Ari n'avait même pas pu passer les fêtes avec lui.

Quelque six mois auparavant, Kristín s'était enfin résolue à reprendre ses études et à entamer un master en Suède. Ari la comprenait : la fac de médecine en Islande n'était pas mauvaise, mais elle avait ses limites. La jeune femme ambitionnait, comme de nombreux médecins, de se spécialiser, projet qu'elle n'avait cessé de remettre au lendemain. Lorsque les choses s'étaient précisées, il avait fallu discuter de l'avenir de Stefnir. Kristín avait proposé que l'enfant l'accompagne, « pour commencer » ; ils pourraient réfléchir à d'autres solutions plus tard. Elle avait promis de rentrer pour les vacances, Noël et Pâques, peut-être même plus souvent, et Ari avait de son côté envisagé de passer ses congés d'été en Suède. De fait, il n'avait pas vraiment protesté, malgré le terrible malaise qui l'étreignait à l'idée de voir son fils aussi rarement. Il ne voulait pas entrer en conflit avec Kristín.

Cherchant une position plus confortable dans son lit, il se tourna sur le côté ; il fallait qu'il parvienne à trouver le sommeil. Il était de garde ce jeudi, son dernier jour avant les vacances de Pâques. Kristín et Stefnir arriveraient le soir même.

Bientôt trois heures du matin. Cela faisait plus de deux heures qu'il remuait ainsi. S'avouant finalement vaincu, il se leva. *Et merde.* Il ne pouvait pas se permettre de passer une nuit blanche alors qu'il s'apprêtait à accueillir son petit garçon, mais l'inquiétude avait jeté de l'huile sur le feu de son insomnie, et à présent il n'était plus fatigué du tout.

La chambre était meublée de quelques étagères basses garnies de vieux livres retrouvés lors de son emménagement, des ouvrages que les précédents propriétaires n'avaient visiblement pas pris la peine d'emporter. Ari les avait parfois feuilletés, principalement pour s'endormir, et à présent il n'avait pas d'autre idée. Il choisit un livre presque au hasard et se rallongea, toujours en proie à l'agitation. Pour la première fois ce week-end, il allait laisser la responsabilité du bureau à Ögmundur, jeune diplômé de l'école de police qui faisait ses premiers pas dans le Nord. Il avait beau être débutant, il n'en était pas moins avide d'apprendre. Depuis qu'Ari était inspecteur, il avait eu affaire à des remplaçants venus d'Ólafsfjördur ou d'Akureyri, ou à des intérimaires spécialement dépêchés – jamais la même personne. À présent, on lui avait enfin accordé un budget pour embaucher un agent. Plusieurs candidats avaient postulé, dont certains jouissaient d'une expérience impressionnante, mais Ari avait opté pour ce jeune homme fraîchement sorti des bancs de l'école. Il se reconnaissait en lui, malgré leur différence de caractère. Et d'âge. Même si elle était loin d'être aussi conséquente qu'entre Tómas et lui, Ari avait aujourd'hui l'impression de jouer le rôle du flic chevronné qui s'apprêtait à transmettre à la nouvelle recrue les rudiments du métier. Toutefois, il fallait bien admettre qu'il avait du mal à établir un vrai contact avec Ögmundur.

Ari finit par se relever, descendit le vieil escalier et rejoignit la cuisine. Il se servit un verre d'eau puis grignota un morceau de poisson séché en feuilletant le journal de la veille. Rien de nouveau, les articles ne faisaient que ressasser les mêmes sujets. La seule chose qui retint son attention, ce fut le bulletin météo qui annonçait que le temps allait se dégrader dans le Nord la semaine après Pâques. Les tempêtes de neige étaient coutumières dans la région.

Le poste de police restait le plus souvent désert la nuit. Ari était certes d'astreinte, mais en général le calme régnait dans la petite ville endormie. On appelait surtout le week-end pour des cas de tapage nocturne.

Il s'était rallongé sur son lit, quoique toujours bien réveillé, au moment où le téléphone sonna.

– Un passant a trouvé une jeune fille dans la rue, elle semble morte. Une ambulance est en route, dit l'opérateur de la centrale d'urgence, d'une voix neutre.

Ari descendit l'escalier d'un pas précipité, maintenant le téléphone contre son oreille avec son épaule.

– Où ça ?

– Adalgata, la rue principale.

– L'identité du passant ?

– Un certain Gudjón Helgason. Il a dit qu'il attendrait l'arrivée de la police.

Le nom ne lui disait rien.

Deux minutes plus tard, Ari avait enfilé son uniforme et sortait. La rue Adalgata était toute proche. L'air était glacial, mais il n'y avait pas de vent et les étoiles brillaient dans le ciel. La nature infinie revêtait une autre forme que pendant l'été, plus distante, peut-être plus grave.

Ari arriva sur les lieux en même temps que l'ambulance, et lorsqu'il tourna à l'angle de la rue Adalgata, il fut saisi d'effroi.

Une jeune fille gisait dans son sang sur le bord du trottoir, le corps dans une position étrange, ne laissant aucun doute sur le fait qu'elle devait avoir chuté de très haut. Nul besoin d'un médecin pour déterminer qu'elle était morte. Le sang paraissait s'être écoulé de son crâne, probablement fracturé. Ari s'approcha et l'observa plus attentivement. Elle était encore plus jeune que ce qu'il avait cru. Peut-être même une adolescente. Il en eut le souffle coupé.

Putain.

Elle avait les yeux grands ouverts, le regard perdu dans le vide.

Ari comprit immédiatement que cette image ne cesserait plus de le hanter.

2

Il arrivait parfois à Ari d'aller se balader la nuit, en été comme en hiver. C'était une expérience presque magique, la ville semblait si tranquille dans ce silence cotonneux, et à cet instant il fut envahi par une émotion comparable. L'espace d'une seconde seulement, car aussitôt la réalité le frappa de nouveau de plein fouet. Tous semblaient attendre ses directives, sauf le médecin de l'hôpital qui avait déjà pris les devants, penché au-dessus du corps de la jeune fille. Sur les lieux se trouvaient également deux ambulanciers et, derrière eux, un homme entre trente et quarante ans à la barbe fournie, vêtu d'une doudoune et d'un bonnet. Sans doute le dénommé Gudjón. Ari restait immobile, terriblement conscient de la responsabilité qui lui incombait désormais. Depuis qu'il avait été nommé inspecteur, la vie à Siglufjördur suivait un cours paisible et, à son grand soulagement, il n'avait pas dû affronter de vraie tragédie. Les journées au poste se succédaient dans une rassurante monotonie sans que rien de plus sérieux que des affaires de tapage nocturne, d'infraction au code de la route ou de consommation de stupéfiants ne se présente. Et voilà que cette jeune fille était retrouvée morte en pleine rue. Il la regarda de nouveau avant de lever les yeux vers le bâtiment devant lequel il se tenait.

Il s'agissait d'un immeuble résidentiel de deux étages, surmonté de combles apparemment aménagés, où l'on distinguait un balcon. La jeune fille avait dû chuter de là-haut, aussi sinistre soit cette perspective.

Le médecin se leva, une jeune femme nommée Baldvina, arrivée à Siglufjördur début janvier. Les médecins ne restaient jamais très longtemps. Ces dernières années, ils avaient été nombreux à se succéder et sautaient sur la première occasion de rejoindre de plus grands établissements, ou de reprendre leurs études, comme Kristín. Un peu plus jeune qu'Ari, Baldvina lui avait paru compétente les quelques fois où leurs chemins s'étaient croisés.

– Elle est bel et bien morte. À première vue, des suites de sa chute.

Elle observa l'immeuble à son tour et reprit, comme si elle avait lu dans les pensées d'Ari :

– Peut-être depuis ce balcon, là-haut. Mais ça, c'est à vous de le dire. Est-ce qu'on peut déplacer le corps ?

Ari avait une boule à l'estomac. C'était la première mort violente à laquelle il devait faire face depuis qu'il était devenu inspecteur.

– Oui, laissez-moi… laissez-moi simplement prendre quelques photos et… nous devons aussi sécuriser la scène afin que la police scientifique puisse faire son travail.

Il aurait eu du mal à se pardonner de laisser cette pauvre enfant baigner ici dans son sang. Il s'agissait de la principale rue commerçante de la ville, et bientôt le ciel commencerait à s'éclaircir. Sans parler de la probabilité que des oiseaux de nuit curieux viennent jeter un coup d'œil à ce qui se passait, attirés par l'agitation.

Ari prit quelques photos avec son téléphone et s'empressa d'appeler Ögmundur.

– Est-ce que tu peux me retrouver rue Adalgata au plus vite ?

– Ou... oui, bien sûr, répondit celui-ci, la voix ensommeillée.

Si Ögmundur était d'un naturel positif et imperturbable dans tout ce qu'il entreprenait, il fallait bien avouer que le travail n'avait jusque-là pas été trop exigeant. Non seulement l'hiver avait été des plus tranquilles, mais de plus Ari avait épargné à sa nouvelle recrue les tâches les plus pénibles, pour le laisser se familiariser avec l'atmosphère des lieux à son propre rythme. De son côté, Ögmundur avait déjà réussi à se faire plus d'amis à Siglufjördur qu'Ari, qui y vivait pourtant depuis des années. Le jeune diplômé semblait gagner la confiance des autres à la vitesse de l'éclair, une qualité indéniable dans leur travail. Il avait joué dans l'équipe nationale de football, ou tout au moins dans l'équipe junior – pour Ari, tout ça, c'était la même chose –, et cet intérêt pour le ballon rond assurait à Ögmundur de pouvoir parler sport avec n'importe qui.

Ari résuma l'affaire à son collègue en quelques mots avant d'ajouter :

– La pauvre est sûrement tombée du balcon tout en haut, un accident ou bien... oui, un suicide. C'est ce que nous allons devoir découvrir. Au plus vite.

Les secouristes installèrent le corps sur une civière qu'ils poussèrent à l'intérieur de l'ambulance. La terrible flaque sur le trottoir n'était plus que le glaçant rappel de ce qui s'était passé. Un réverbère avivait le rouge du sang dans les ténèbres nocturnes, et l'espace d'une seconde le décor évoqua à Ari une scène de théâtre.

Il se tourna vers l'homme resté en retrait, quasiment immobile, la tête baissée.

– Bonsoir, vous devez être Gudjón ?

L'inconnu acquiesça avant de murmurer un « oui » hésitant.

– Je m'appelle Ari, je suis inspecteur. Pouvez-vous me raconter ce qui s'est passé ? C'est vous qui avez appelé la police ?

– Oui, je... enfin, j'ai appelé les secours, mais je ne sais pas ce qui s'est passé, je n'en ai pas la moindre idée.

Le souffle court, il ne cessait de se gratter la barbe et, tandis qu'il parlait, son regard allait et venait sans jamais se poser sur son interlocuteur.

Ari resta muet et patienta, préférant se taire plutôt que de poser une autre question. D'expérience, il avait pu constater que les gens nerveux, comme Gudjón semblait l'être, avaient tendance à vouloir meubler le silence.

– J'ai juste, oui... Je l'ai vue par terre. Au début, j'ai cru qu'elle était simplement tombée, enfin vous voyez, qu'elle avait glissé. Je m'apprêtais à l'aider à se relever quand j'ai remarqué... remarqué qu'elle était morte. Du coup, j'ai tout de suite appelé les secours.

– Vous avez touché à quelque chose ? demanda Ari.

– Je... je ne me rappelle pas, peut-être que je l'ai légèrement secouée, mais c'était tellement évident qu'elle était morte.

Ari hocha la tête.

– Avez-vous aperçu quelqu'un d'autre aux alentours ?

– Non, personne, j'étais seul ici. J'ai fait un de ces bonds en la voyant ! Vous croyez qu'elle a sauté ?

– Difficile à dire pour le moment, répondit Ari. Il est quatre heures du matin, vous étiez donc de sortie vers trois heures et demie, c'est bien ça ?

– Oui, oui, tout à fait.

– Pour quoi faire ?

– Je me baladais, c'est tout.

– Au beau milieu de la nuit ? lança Ari, plus mordant.

– Il fait doux, le ciel est dégagé, pas de vent, juste un peu d'air frais marin. J'adore arpenter les rues dans ces conditions.

Ari n'était pas convaincu, même s'il devait bien admettre qu'il lui arrivait fréquemment de faire la même chose. Parcourir le village à la nuit tombée pour savourer le silence. Ce foutu silence si insaisissable.

– De nuit comme de jour ?

– En fait, je préfère sortir la nuit. C'est plus calme, plus apaisant.

– Vous habitez à Siglufjördur, Gudjón ?

Il hésita.

– En ce moment, oui. Je suis ici pour trois mois. Je loge dans une résidence d'artistes.

– Près d'ici ?

– Oui, en bord de mer, à l'entrée de la ville.

– Et ça fait longtemps que vous êtes arrivé ?

– Depuis janvier, répondit Gudjón, mal à l'aise.

– Je vois, fit Ari avant de laisser passer un temps. De quel art s'agit-il ?

– Comment ça ?

– Quelle discipline artistique ? De la peinture ? De la musique ?

– De la peinture, oui. De la peinture. Je peins, je dessine… Vous avez peut-être vu mon exposition l'autre jour, des dessins de Siglufjördur. Disponibles à la vente.

– Non, j'ai dû manquer ça. Vous la connaissiez ?

– Qui ?

– La jeune fille qui est morte.

Gudjón eut un sursaut.

– Quoi ? Non, bien sûr que non. Je n'ai aucune idée de qui il s'agit… s'agissait. Pourquoi croyez-vous que je la connaissais ? Je ne suis même pas du coin.

– Et vous pensez que c'est son cas à elle ? Qu'elle habite ici ?

– Je… je n'ai rien à voir avec ça, je ne comprends même pas ce que vous insinuez. J'ai juste appelé la police. Je n'ai jamais vu cette fille auparavant.

– Vous devez bien admettre, Gudjón, que c'est un peu étrange de se balader comme ça, en pleine nuit.

– Je suis artiste, bon sang ! s'exclama-t-il, comme si ce mot expliquait tous les comportements.

À bout de souffle, il peinait à articuler.

– Je parcours le village pour trouver l'inspiration, puis je rentre chez moi et je dessine. Je dors le jour. Vous pouvez… vous pouvez venir admirer mes créations, si vous voulez. Vous verrez bien que je ne vous mens pas.

– Ça ira pour le moment, mais il faudra sans doute que je reprenne contact avec vous pendant l'enquête. Pourriez-vous passer au poste de police demain, enfin je veux dire tout à l'heure, afin que nous établissions un procès-verbal formel ?

Gudjón eut un instant d'hésitation.

– C'est vraiment nécessaire ? Je n'ai rien à me reprocher, je n'ai aucune envie d'être malmené par les forces de l'ordre, pour être tout à fait franc.

Toujours aussi essoufflé, il ajouta :

– Tout… Tout ce que j'ai fait, c'est accomplir mon devoir de citoyen en appelant la police.

– Nous avons ici une jeune femme, une adolescente, qui a perdu la vie. Il faut que nous prenions votre déposition, que nous inscrivions votre témoignage dans le dossier de l'enquête. Bien sûr, il n'y a aucune raison que vous soyez mêlé à cette affaire, répliqua Ari, un peu à contrecœur – il n'était toujours pas satisfait des explications de Gudjón.

Ces artistes, on ne pouvait jamais leur faire confiance.

– J'espère bien que vous n'allez pas vous mettre en tête de porter des accusations contre un passant innocent, répondit Gudjón, comme s'il pressentait les doutes irraisonnés d'Ari.

Au même instant, Ögmundur arrivait rue Adalgata au volant de sa vieille Mazda, une petite sportive rouge qui avait un temps attiré tous les regards. Elle s'était révélée de peu d'utilité durant l'hiver, cependant les rues étaient dégagées ce matin-là. La voiture était également décapotable, mais les occasions d'en profiter se faisaient plutôt rares en cette saison à Siglufjördur ? Ögmundur se gara et accourut vers Ari et Gudjón.

– Bonjour, bonjour, j'ai fait aussi vite que j'ai pu. Vous pensez qu'elle a sauté ?

Son regard se posa sur la flaque de sang, puis il leva les yeux vers le balcon.

– Merci d'être venu, dit Ari. Voici Gudjón…

Il hésita.

– … Helgason, compléta l'intéressé.

– Il faisait une petite balade lorsqu'il est tombé sur elle. Il va passer au poste demain, tu prendras sa déposition, Ögmundur ?

– Bien sûr, je m'en charge, répondit ce dernier en tendant la main avec un grand sourire. Enchanté, Gudjón. Je m'appelle Ögmundur, je suis agent de police ici.

– Il ne me reste plus qu'à vous remercier, dit Ari à Gudjón d'un ton formel.

La familiarité de son jeune collègue avait tendance à lui taper sur les nerfs, même s'il fallait bien admettre qu'elle donnait parfois de bons résultats.

– Bonne balade, ajouta-t-il, grinçant.

En manque de sommeil, tiré du lit au beau milieu de la nuit, il avait du mal à se montrer d'aussi bonne humeur qu'Ögmundur.

3

– Reste dehors, ordonna Ari. Il faut contacter la scientifique, je te laisse t'en charger. Je veux que tu surveilles les lieux le temps qu'ils arrivent, OK ?

Ögmundur hocha la tête avec nonchalance.

– Je veux bien, mais je n'en vois pas l'utilité, Ari. Comme tu peux le constater, il n'y a rien d'autre à voir ici que ces traces de sang. Il vaudrait mieux que j'attende à l'intérieur pour m'assurer que personne ne monte sur le balcon.

Ari campa sur ses positions.

– Garde un œil sur l'entrée. Je m'occupe d'aller inspecter l'immeuble.

La porte était verrouillée. À en juger par le nombre de sonnettes, il devait y avoir deux appartements – un par étage. Jónína et Jóhann au rez-de-chaussée, et un dénommé Bjarki au-dessus. Jetant un coup d'œil par-dessus son épaule, Ögmundur demanda :

– Tu connais ces gens ?

– Non, répondit Ari en secouant la tête.

Il commença par sonner à l'appartement du bas. La réponse ne se fit pas attendre : la porte s'ouvrit aussitôt et, lorsqu'il pénétra dans la cage d'escalier, il aperçut un vieil homme en pyjama qui semblait parfaitement éveillé.

– Ma femme et moi vous attendions, nous avons suivi la scène, dit-il, avec comme un tremblement dans la voix.

De toute évidence, ils avaient fait le guet dans le noir, car Ari n'avait remarqué aucune lumière aux fenêtres.

– Qu'est-ce qui s'est passé, au juste ? Qui était-ce, là, dans la rue ? Quelqu'un est mort ?

– Pourrais-je entrer un instant ?

– Bien sûr, bien sûr, fit l'homme en lui tendant une main moite. Jóhann.

Ari avait un mauvais pressentiment. Quelque chose ne tournait pas rond chez lui. Il le suivit dans l'appartement et aperçut, dans la pénombre du salon, une femme assise sur le canapé, à côté de la fenêtre donnant sur la rue. Sans doute Jónína. Elle ne prononça pas un mot lorsqu'ils entrèrent.

– Je suis navré de vous déranger. Une jeune fille est morte ici ce soir. Avez-vous remarqué quelque chose ?

– Rien du tout, répondit vivement Jóhann. Qui était-ce ?

– Je l'ignore. Vous avez peut-être une idée ? Est-ce qu'il y a une femme, enfin une adolescente, qui vit dans cet immeuble ?

– Non, non, juste Bjarki, mais… il lui arrive de louer l'appartement à des étrangers sur… mince, Jónína, comment ça s'appelle déjà ?

Sa femme resta silencieuse. Ils devaient tous deux avoir largement dépassé les soixante-dix ans. Ari aurait aimé avoir Tómas à ses côtés, lui qui était en général capable de retracer la généalogie – ainsi que la carrière – de tous les habitants de la ville.

– Et d'après vous, il est chez lui en ce moment ?

Ils échangèrent un regard.

– Je ne crois pas, répondit Jóhann. Il passe sa vie à faire des allers-retours. Il va souvent à Reykjavík, mais il est originaire d'ici. Je ne l'ai pas vu depuis un ou deux jours.

Jónína prit enfin la parole.

– Non, il n'est pas chez lui, dit-elle d'une voix faible mais sûre. Je l'aurais croisé, ou au moins entendu.

– Tu ne peux pas tout voir, ma chérie. Nous ne savons pas qui va et vient dans l'immeuble.

Le commentaire semblait forcé, comme s'il tenait à faire passer une information. Ari porta son regard vers la fenêtre et remarqua qu'on ne distinguait pas la porte de l'immeuble depuis l'appartement.

– Quand vous dites qu'il est originaire d'ici, vous voulez dire lui-même ou sa famille ?

– Lui-même, il est de Siglufjördur, répondit Jónína. Je me souviens de son père. Bjarki est né ici puis la famille a déménagé, comme tant d'autres. Il n'y avait plus grand-chose à faire dans le coin après la disparition du hareng.

– Maintenant, les gens reviennent et le village reprend vie, ajouta Jóhann.

– Nous, bien sûr, nous ne sommes jamais partis, fit Jónína, avant de croiser les bras sur sa poitrine, les sourcils froncés, comme pour conclure la conversation.

– Comment accède-t-on au balcon ? demanda Ari.

– Au balcon ? Pourquoi ? répliqua Jóhann, qui sembla faire le lien immédiatement après avoir posé la question. Ah, oui. Je vais vous montrer le chemin. Il est attenant au grenier sous les combles. Dans le temps, c'était aménagé. Les grands-parents de Bjarki habitaient dans cette maison, puis elle a été divisée et nous avons acheté l'appartement du bas. Nous avions une maison individuelle un peu plus haut dans le village, mais c'était tellement d'entretien ! Nous voulions quelque chose de plus petit. C'est à cette époque que le grenier a été transformé en simple local, commun aux deux appartements. Il n'était pas vraiment vivable, de toute façon. Quant au balcon… bah, on n'y va jamais, Jónína a du mal à monter tout en haut. Et je doute que Bjarki y passe beaucoup de temps, il a toujours le nez dans ses bouquins. Un brave petit gars, ajouta Jóhann, un sourire aux lèvres.

Ari eut de nouveau la sensation que quelque chose n'allait pas dans son attitude. Il semblait nerveux, et déterminé à le cacher par sa logorrhée.

Jóhann rejoignit le vestibule et invita Ari à le suivre. Il commença à monter d'un pas lent le vieil escalier au charme suranné. Les marches étaient d'un bois clair usé par le temps, tandis que la rambarde avait une teinte un peu plus sombre. Un papier peint bleu pâle recouvrait les murs.

Lorsque Jóhann eut atteint le palier suivant, il souffla et dit :

– C'est là qu'il vit, l'historien.

– Bjarki ? Il est historien ?

– Il fait des recherches pour la municipalité sur les habitants de Siglufjördur qui ont émigré en Amérique. J'ai cru comprendre que l'économie se portait bien en ce moment, avec tous ces travaux, les touristes et je ne sais quoi d'autre. La ville a visiblement de quoi financer ce genre de passe-temps, marmonna Jóhann, tout en rassemblant ses forces pour la prochaine salve de marches.

– J'ignorais que des gens de la région avaient pris part à cette vague d'émigration[1], fit Ari.

– Oui, ils sont partis vivre au Canada au tournant des XIXe et XXe siècles. Je dois dire que ce n'est pas inintéressant comme sujet de recherche, même si je suis loin d'être un rat de bibliothèque. Allez, on continue.

Ils poursuivirent leur ascension de l'escalier, qui s'arrêtait brusquement devant une porte close, sans palier.

– Laissez-moi ouvrir, dit Ari, soucieux d'éviter que le vieil homme efface par mégarde d'éventuelles empreintes sur la poignée. Ce n'est pas fermé à clé ?

– Jamais.

Il pénétra à l'intérieur du grenier où tout semblait en ordre. Il y régnait un froid glacial, et Ari comprit rapidement pourquoi : la porte du balcon était entrouverte.

– Attendez-moi ici, Jóhann, dit-il d'une voix autoritaire.

Il inspecta les lieux sans remarquer de traces suspectes, rien n'indiquait une éventuelle altercation, mais la porte restée ouverte suggérait que quelqu'un était venu récemment. D'un pas prudent, il rejoignit le balcon dans la fraîcheur matinale. Le panorama était impressionnant. Assez haut, l'immeuble offrait une vue imprenable sur la ville, les montagnes qui l'entouraient et le fjord en contrebas. Ari inspira l'air marin au goût de sel.

1. Entre 1870 et 1914, on estime que quelque quinze mille Islandais sont partis s'installer en Amérique du Nord, notamment dans la province du Manitoba, au Canada. *(Toutes les notes sont du traducteur.)*

Rien de suspect non plus sur le balcon. Après plusieurs jours de pluie et des températures plus clémentes, la neige avait fondu ; impossible de distinguer des traces de pas qui auraient pu confirmer la présence de la jeune fille.

– Il faut condamner cette pièce, dit Ari à Jóhann en rejoignant la cage d'escalier. Mon collègue va s'en occuper. Ne laissez entrer personne.

Le vieil homme hocha la tête.

– Est-ce qu'il y a une porte à l'arrière de l'immeuble ? demanda Ari.

– Oui, acquiesça Jóhann, de plus en plus mal à l'aise. Enfin, elle mène à l'appartement de Bjarki. Elle est sans doute fermée à clé.

– Donc elle ne permet pas d'accéder aux combles ?

– Non, à moins de... à moins de passer par son appartement, bien sûr.

– Allons-y, lança Ari d'un ton vif.

Il passa devant Jóhann et descendit l'escalier en toute hâte jusqu'au palier suivant, où il frappa à la porte de chez Bjarki. Aucune réponse.

– Je ne crois pas qu'il soit chez lui, commenta Jóhann.

Sans un mot, Ari le raccompagna vers l'étage inférieur.

Appuyée à la porte, Jónína les regardait approcher.

– Je vais vous laisser tranquilles, dit Ari. Vous arriverez peut-être à vous rendormir.

Il resta toutefois un instant immobile et ajouta :

– La porte de devant était verrouillée quand nous sommes arrivés. C'est toujours le cas ?

– De nos jours, oui. Dans le temps, elle restait ouverte.

– Donc, si elle a pu… si la jeune fille a pu accéder au balcon, elle devait posséder une clé…

Cette fois-ci, Ari n'eut plus le moindre doute : le couple lui cachait quelque chose. Il patienta, laissant le silence faire son travail.

– C'est-à-dire que quelqu'un a sonné à la porte cette nuit, balbutia Jóhann, contrit.

– Je vois, répondit Ari avec douceur.

– Jónína, ma femme… elle a ouvert la porte. Quelqu'un sonnait à l'interphone, ça nous a réveillés, nous ne savions pas ce qui se passait.

– Vous confirmez ? demanda Ari à la vieille femme.

– Oui, soupira celle-ci d'une voix faible. Je n'avais évidemment aucune idée de la tournure que prendraient les événements…

– Vous avez pu voir qui a sonné ?

Ils se regardèrent, puis Jóhann secoua la tête.

– Non, mais c'était sans doute cette… cette fille qui a sauté, n'est-ce pas ?

– Je crois bien que personne n'occupe l'appartement du dessus en ce moment, mais on n'est jamais sûrs…, répliqua Jónína. Et puis, peut-être que celui qui a sonné est ressorti tout de suite, ou qu'il n'est jamais entré.

– Absolument, bafouilla Jóhann, et j'espère… j'espère… Ma Jónína est bouleversée depuis que l'ambulance est arrivée. Nous n'avons pas réussi à retrouver le sommeil après cette histoire d'interphone.

– Combien de temps s'est-il passé entre le moment où on a sonné et l'arrivée de l'ambulance ?

– Trois quarts d'heure, peut-être un peu plus.

Ari fronça les sourcils. Tout portait à croire que l'adolescente était entrée dans l'immeuble dans le seul but de sauter.

– Merci pour ces informations, dit-il avant d'ajouter d'un ton sec : Vous auriez dû m'en faire part immédiatement.

– Bien sûr, bien sûr, et nous en avions l'intention, mais ma femme était tellement choquée..., répondit Jóhann. Nous n'avons jamais envisagé de vous cacher quoi que ce soit, nous attendions simplement le bon moment.

– Je vois. Gardez tout ça pour vous. La dernière chose dont nous ayons besoin, c'est que des on-dit se propagent.

Il fixa Jóhann des yeux, puis Jónína.

– Oui, bien sûr. Nous allons faire attention, répondit le vieil homme.

– Vous croyez que... que c'est de ma faute ? demanda Jónína, le regard soudain implorant.

Ari songea que si cette gamine avait l'intention de se suicider, elle l'aurait fait même sans avoir accès au balcon. Elle aurait trouvé un autre moyen. Mais il avait depuis longtemps abandonné toute velléité de panser les âmes. Son cursus avorté en théologie n'était plus qu'un lointain souvenir, et seuls quelques obstinés continuaient à le surnommer le Révérend Ari, comme beaucoup l'avaient fait lors de son premier hiver à Siglufjördur. Son rôle aujourd'hui, bien plus terre à terre, était de faire respecter la loi, d'assurer l'ordre. Et de tenter de comprendre pourquoi une jeune fille avait décidé de mettre fin à ses jours de cette manière – s'il s'agissait bien d'un suicide...

Donner l'absolution à cette vieille femme n'était pas de son ressort.

– De votre faute ? Difficile à dire, répondit-il froidement. L'enquête ne fait que commencer.

4

– Mon pauvre Ari, je n'arriverai décidément jamais à me faire à ce genre de choses.

Le révérend Eggert n'avait pas changé le moins du monde depuis toutes ces années. Le pasteur de Siglufjördur était un homme à l'humeur égale et à la parole pondérée. D'un âge indéterminé, il était investi d'une mission à laquelle il se consacrerait sans doute jusqu'au moment de prendre sa retraite. Il occupait son temps libre à l'écriture et semblait heureux de vivre ici. Et ses concitoyens le lui rendaient bien.

C'était Ari qui avait appelé l'homme d'Église pour qu'il identifie l'adolescente.

– Elle s'appelait Unnur, lui avait dit le révérend Eggert. Elle a fait sa confirmation dans mon église, pauvre enfant. C'est effroyable. Une jeune fille tout à fait charmante. Polie, chaleureuse, appliquée dans ses études. Vous savez, Ari, ça me surprend vraiment. Il y a bien quelques jeunes en ville qui sont en difficulté, qui ont des problèmes de drogue ou ce genre de choses, des jeunes qui pourraient peut-être connaître une fin tragique comme celle-ci, mais Unnur… Je…

– Vous n'y croyez pas ?

– Non, je ne pense pas qu'elle ait pu commettre un tel acte.

À présent, ils se tenaient devant la maison de la mère d'Unnur. Ari redoutait ce qui allait suivre. Il avait déjà dû annoncer de terribles nouvelles par le passé, et ne se souvenait que trop bien du jour où la police était venue le voir, lui, encore si jeune, pour lui faire part de la mort de sa mère dans un accident. Il se rappelait chaque détail, le bruit de la pluie dehors, l'odeur, les mots que les agents avaient choisis. Ce serait probablement la même chose pour la mère d'Unnur. En repensant à cet instant, elle verrait le ciel dégagé de l'aube à peine naissante, sentirait l'air immobile et froid. La menace de neige dans l'atmosphère.

Elle habitait un vieux pavillon spacieux rue Grundargata. Toutes les lumières étaient éteintes. Il se dégageait des lieux une certaine sérénité, qu'il allait bientôt rompre.

Ari appuya sur la sonnette et patienta, jetant un regard au pasteur. Le révérend Eggert posa une main prudente sur son épaule.

– Laissez-moi lui parler, mon ami.

La porte mit du temps à s'ouvrir. La femme qui se tenait dans l'embrasure, âgée d'une quarantaine d'années, venait visiblement de se réveiller. Les cheveux emmêlés, le regard fatigué, elle était encore en pyjama. Une expression de surprise se dessina sur son visage. Elle connaissait le pasteur, et Ari portait son uniforme.

– Salvör ?

– Oui. Qu'est… qu'est-ce…, bégaya-t-elle. Il s'est passé quelque chose ?

– Nous devons vous parler, c'est au sujet de votre fille, dit le révérend Eggert. Est-ce qu'on pourrait entrer ?

Elle s'écarta pour les laisser passer, alluma la lumière du salon puis se figea. Personne ne songea à s'asseoir.

– Elle est dans sa chambre, elle dort, affirma Salvör d'un ton décidé.

L'espace d'une seconde, la certitude d'Ari vacilla. Peut-être le pasteur s'était-il trompé, peut-être la jeune fille retrouvée dans la rue était-elle quelqu'un d'autre ? Il l'espérait même ; tout au fond, il espérait repousser l'inévitable.

L'homme d'Église ne bronchait pas. Comme s'il s'était mis à douter, lui aussi.

– Je vais m'en assurer avec vous, dit-il finalement.

Salvör lui emboîta le pas en direction du couloir. Ari attendit, toujours avec une pointe d'espoir, même s'il était bien conscient que c'était en vain.

Lorsqu'ils revinrent, le visage de la mère ne laissait plus planer aucun doute. Ils s'étaient absentés un long moment, le révérend Eggert avait dû profiter de leur isolement pour lui annoncer la nouvelle, geste qu'Ari appréciait grandement. Salvör sanglotait, les larmes coulaient de façon ininterrompue sur ses joues.

– Mon cher Ari, je vais rester encore un peu, dit le révérend d'un ton grave. Avez-vous des questions pressantes ? Quelque chose qui ne peut pas attendre ?

Ari hésita. Toutes les questions pouvaient évidemment attendre, mais il avait des responsabilités et devait s'assurer de ne pas laisser ses émotions prendre le dessus.

– Je vous présente mes plus sincères condoléances, Salvör, dit-il. Nous nous entretiendrons un peu mieux plus tard, si nécessaire. Pour le moment, je n'aurais qu'une question à vous poser. Y avait-il quelque chose ces derniers temps dans le comportement de votre fille qui puisse suggérer qu'elle… qu'elle envisageait de…

– … d'attenter à sa vie ? compléta le pasteur.

Salvör secoua énergiquement la tête et, entre deux sanglots, répondit :

– Non, non, non ! Absolument pas, rien de tout ça. C'était une adolescente pleine de vie, très…

Ari savait combien les apparences pouvaient être trompeuses. La dépression prenait parfois une forme sournoise. Pourtant, tout portait à croire que la jeune fille s'était jetée dans le vide. Tout portait à croire que son seul objectif avait été de quitter ce monde. Pour lui, c'était la conclusion la plus simple. Mais compte tenu des dires de la mère, une enquête approfondie s'imposait.

Il fit ses adieux et disparut dans les ténèbres matinales.

5

Il était midi passé lorsque Kristín téléphona. Ari ne s'attendait pas à avoir de ses nouvelles si tôt, elle avait projeté de prendre le vol de l'après-midi pour Akureyri avant de rejoindre Siglufjördur par la route avec le petit Stefnir.

– Salut Ari.

Chaleureuse, sa voix lui rappela la douce époque où ils baignaient dans le bonheur, avant qu'ils ne se mettent en tête de tout gâcher. Dans une certaine mesure, il avait envie de rejeter la faute sur elle, mais en vérité, les torts étaient partagés. Il fut pris d'un léger picotement au ventre en l'entendant, l'étincelle était toujours là. Il ne comptait toutefois pas dépenser davantage d'énergie à essayer de l'attiser.

– Salut, tu es arrivée dans le Nord ?

– Pour tout te dire, je suis même sur le chemin de Siglufjördur. Enfin, nous deux.

– Déjà ?

– Oui, j'ai eu un changement de programme. Mon remplacement à Akureyri a été annulé. Je vais avoir de vraies vacances de Pâques.

– Super ! Tu comptes quand même loger là-bas chez ton amie ?

Après une brève hésitation, Kristín répondit :

– En fait, j'envisageais de rester à Siglufjördur, avec vous, tu vois… Enfin, si tu es d'accord. C'est ton week-end, bien sûr, mais ça me ferait plaisir de passer Pâques avec Stefnir.

– Oui, bien sûr, dit Ari.

Il se réjouissait de constater à quel point ils avaient bien géré leur rupture. Sans gros problèmes, sans besoin de médiation. Même s'il n'avait pas totalement digéré le fait qu'elle ne l'autorise pas à venir en Suède à Noël. Elle avait prétexté vouloir que Stefnir s'habitue à son nouveau cadre de vie dans le calme.

– Vous n'avez qu'à dormir à la maison, lâcha-t-il sans avoir pris le temps de se demander si c'était une sage décision.

– Euh… J'ai réservé une chambre d'hôtel, on peut peut-être garder Stefnir en alternance ? Je ne crois pas que ce soit une bonne idée qu'on vienne tous les deux rue Eyrargata, tu comprends ? Ça pourrait semer la confusion dans son esprit, comme si on était redevenus…

Une famille. La phrase était restée en suspens. Ari la comprenait, elle avait évidemment raison, comme la plupart du temps. Il n'y avait plus qu'une solution pour lui :

– Je suis d'accord. Prenez la maison, je vais dormir à l'hôtel.

– Ari, non, non, ne dis pas de bêtises.

– C'est non négociable, répliqua-t-il d'un ton qu'il voulait chaleureux. Vous resterez à la maison, ce sera plus confortable, et on essaiera de trouver une activité à faire ensemble. Cuisiner, sortir manger, que sais-je ? Quand tu voudras te reposer, je sortirai avec Stefnir ou bien je viendrai jouer avec lui.

Il marqua une pause, puis ajouta :

– Il se trouve que je dois travailler aujourd'hui, une adolescente s'est suicidée cette nuit et…

– Oh, c'est affreux…

– Oui. Il nous reste des choses à régler, mais j'espère pouvoir me libérer avant la fin de la journée.

Soudain, il eut la sensation qu'ils étaient à nouveau ensemble, et qu'une énième dispute était sur le point d'éclater. Ils s'étaient si souvent affrontés à ce sujet, sur le fait que sa famille aurait dû être sa priorité, qu'il n'était pas le seul à avoir un travail prenant, et ainsi de suite. Mais cette lutte perpétuelle appartenait désormais au passé. Peut-être qu'ils fonctionneraient mieux comme amis que comme couple.

– Tu es sûr, au sujet de l'hôtel ?

– À cent pour cent. J'ai hâte de vous voir, conclut-il.

En général, il préférait la période de Noël à celle de Pâques, mais cette année, ce pourrait bien être le contraire.

6

La ville de Siglufjördur, qui lui avait au premier abord semblé si inhospitalière, avait énormément changé depuis qu'il y avait emménagé sept ans auparavant. Le premier hiver, quand la neige tombait sans relâche et qu'Ari avait failli jeter les armes face à l'obscurité et à l'isolement, la seule route qui menait au fjord passait par le tunnel Strákagöng, souvent condamné à cause des intempéries.

Depuis, un nouveau tunnel avait ouvert ; il semblait désormais moins probable que la ville se retrouve coupée du monde. L'accès facilité avait permis un flux croissant de voyageurs, et le vieux port avait pris des airs de centre historique, où s'alignaient restaurants et cafés aux devantures colorées, et, depuis peu, un grand hôtel. Ari se dirigea vers l'établissement avec ses affaires dans un sac de sport. De légers flocons tombaient du ciel, mais la journée promettait d'être douce – à peine un souffle de vent, le paysage était de toute beauté. Les touristes avaient déjà commencé à affluer, la circulation était plus dense qu'à l'accoutumée et les places de parking plus rares. Lorsque le temps était aussi clément durant le week-end de

Pâques, on pouvait s'attendre à voir arriver des amateurs de ski d'un peu partout dans le pays. Ari en eut la confirmation lorsqu'il pénétra dans le hall de l'hôtel. Celui-ci était bondé de clients pour la plupart déjà en combinaison, prêts à grimper sur les pistes, ou en train de s'enregistrer avec leur attirail.

Kristín et Stefnir étaient bien arrivés. Ari les avait accueillis rue Eyrargata, avait aidé Kristín à porter ses bagages à l'intérieur, puis avait serré son fils dans ses bras. Il avait promis d'essayer de se libérer au plus tôt du travail. C'était si bon de les avoir chez lui, de passer des moments privilégiés avec son petit garçon, quoiqu'il ne puisse s'empêcher d'éprouver une certaine nostalgie.

Il se sentait un peu bête de s'enregistrer dans un hôtel de la ville où il habitait, même s'il était, à sa manière, un intrus, un étranger. Prenant place derrière une grande famille de skieurs avec quatre enfants, il patienta jusqu'à ce que vienne son tour. Il adressa un sourire gêné à la jeune hôtesse d'accueil et s'apprêtait à expliquer pourquoi l'inspecteur de la police locale logeait à l'hôtel, mais elle lui demanda simplement son nom, sans même paraître remarquer son uniforme.

Sa chambre se trouvait au premier étage, au fond d'un long couloir, et offrait une belle vue sur le fjord. Il devait retourner au poste au plus vite, mais ne résista pas à la tentation de s'allonger. S'étirant, il ferma les paupières un instant. Après cette nuit blanche agitée, la fatigue s'abattit enfin sur lui. Il n'avait plus la sensation d'être à Siglufjördur. Peut-être était-ce le fait de loger à l'hôtel ? Il n'avait pas pris de vraies vacances depuis longtemps, en partie par souci d'économie, mais aussi parce qu'il n'avait plus personne avec qui les partager. Cela dit, la situation n'était pas meilleure du temps de son couple avec Kristín. Celle-ci passait son temps à travailler, et après la naissance de Stefnir, il n'avait plus été question d'envisager le moindre voyage.

Ce week-end de Pâques serait bien différent. Ari espérait au moins pouvoir se détendre, passer du temps avec son fils – et Kristín. Ce qui impliquait de pouvoir confier l'essentiel de l'enquête à Ögmundur, et donc que l'affaire ne prenne pas une direction inattendue. Pour le moment, le plus probable était qu'Unnur avait voulu se suicider, malgré ce que sa mère affirmait. Peut-être ne saurait-on jamais pourquoi elle avait décidé de sauter de ce balcon – c'était malheureusement parfois le cas. Tous les mystères ne trouvaient pas de résolution. Ari aurait très bien pu ne jamais découvrir les raisons de la disparition de son père quand il était encore adolescent. C'était presque une simple coïncidence qui l'avait mis sur la voie. Mais dans le cas d'Unnur, aussi terrible soit cette tragédie, si la jeune fille avait effectivement mis fin à ses jours, ce n'était pas à Ari d'expliquer son acte.

Laissant son esprit divaguer, il décida de s'accorder encore un peu de repos. Cinq minutes de plus ou de moins ne changeraient pas grand-chose au cours de l'enquête.

Ari sursauta.

Combien de temps avait-il dormi ? Il jeta un coup d'œil à son téléphone portable : trois quarts d'heure. Le fait que personne n'ait essayé de l'appeler tenait à vrai dire presque du miracle. Il se leva, l'esprit encore embrumé. Cette petite sieste lui avait néanmoins redonné un peu de l'énergie dont il avait si désespérément besoin.

Il fallait qu'il retourne au travail sur-le-champ. Avec un peu de chance, il pourrait se contenter d'un bref passage au poste. À présent qu'il était devenu inspecteur, impossible de se soustraire à ses responsabilités, même en congé.

Des agents de la police scientifique étaient allés examiner la scène. Ari attendait leurs conclusions, sans toutefois espérer qu'on trouve autre chose sur le balcon que les empreintes d'Unnur. Mais mieux valait s'assurer de ne pas passer à côté du moindre indice. Il voulait également retenter de contacter l'historien du premier étage, et avait toujours des doutes sur les déambulations nocturnes de Gudjón, l'artiste.

D'un pas rapide, il descendit l'escalier et sortit de l'hôtel. Il avait la sensation que tout le monde le regardait, ainsi vêtu de son uniforme, alors que la plupart des vacanciers ne devaient penser qu'à rejoindre les pistes. Un beau jour, il faudrait qu'il emmène le petit Stefnir à la station de Skardsdalur et qu'il lui trouve un moniteur. Et, pourquoi pas, qu'il refasse lui-même une vraie tentative. C'était tout de même embarrassant d'habiter à Siglufjördur et de ne pas savoir skier.

Il se mit en route pour le poste de police. Les flocons, aussi légers que des plumes, fondaient à la seconde où ils touchaient l'asphalte. Ari aurait aimé passer par la poissonnerie, s'acheter du poisson séché en guise d'en-cas, comme dans le temps, mais le magasin avait fermé pour des travaux d'agrandissement.

La ville était désormais en bouleversement constant. Peu à peu les touristes prenaient le pouvoir, comme dans le Sud.

Heureusement, la boulangerie n'avait pas bougé, elle, et les délicieux rouleaux à la cannelle, la pâtisserie préférée d'Ari, figuraient toujours parmi ses spécialités. Il décida de passer en acheter un sac complet pour garnir le coin cuisine du poste, mais se ravisa en voyant la file d'attente, qui s'étendait presque jusque dans la rue. Toujours les touristes de Pâques. Il secoua la tête et soupira. Il était en train de devenir encore plus réfractaire au changement que le bon vieux Tómas.

Lorsqu'il arriva au bureau, Ögmundur l'attendait.

– T'étais où ? lança-t-il.

À sa voix, il ne faisait aucun doute qu'il plaisantait, aussi Ari s'abstint-il de commenter. Lui-même ne se serait toutefois jamais permis de parler à Tómas sur ce ton.

– J'ai été retardé. Il y a du nouveau ?

– La mère d'Unnur t'a appelé une bonne dizaine de fois, elle veut absolument te parler. J'ai préféré éviter de lui donner ton numéro de portable. Je crois qu'elle est juste sous le choc, elle a besoin de se confier à quelqu'un, tu vois ?

– Tu n'as pas essayé de lui parler ?

– Ben… tu sais comment ça se passe, Ari. Elle préférait sûrement avoir affaire à un gars du coin, pas à un putain d'étranger.

Sourire aux lèvres, Ögmundur s'approcha d'Ari et lui asséna une vive tape sur l'épaule.

– C'est comme ça !

En effet. Ari n'était plus l'étranger, mais le gars du coin. Et pourtant, il avait bien peu de certitudes sur son avenir ici...

7

Alors qu'Ari s'apprêtait à rappeler la mère d'Unnur, il reçut un coup de téléphone de la police scientifique. Comme il le soupçonnait, l'analyse des empreintes sur le balcon révélait bien la présence de la jeune fille, mais rien de plus. On le tiendrait au courant si de nouveaux indices apparaissaient, après un examen approfondi des prélèvements faits sur place. « Mais je n'y crois pas vraiment », conclut l'agent au bout du fil.

Ari téléphona ensuite à sa supérieure hiérarchique, basée à Akureyri, la plus grande ville au nord du pays. La jeune femme, Selma, à peine plus âgée que lui, avait été récemment nommée commissaire.

– Salut, dit-elle. Quelle histoire sordide ! On m'a briefée ce matin quand je suis arrivée. Où en est-on ?

– Ça ressemble à un suicide. Elle aurait sauté du haut d'un balcon. La scientifique le confirme, ou disons que c'est la théorie privilégiée pour le moment. La mère de la victime est sous le choc, et ça risque de faire du bruit lorsque la nouvelle va se répandre.

C'était évidemment déjà le cas, même si aucun journal n'en avait encore parlé. À croire que la ville possédait son propre réseau d'information ; ici, pas besoin de technologie, le bouche-à-oreille suffisait à faire circuler les nouvelles à la vitesse de l'éclair.

– À toi de contrôler ça, Ari, répondit Selma.

Il jura en silence. C'était inévitable, mais il n'avait aucune envie de gâcher son week-end avec son fils.

– À mon avis, cette affaire n'ira pas plus loin, dit-il. Je vais recroiser les différents témoignages et m'entretenir avec la mère, essayer de voir s'il y aurait une raison particulière de creuser, mais j'en doute.

Il confierait la tâche à Ögmundur en supervisant de loin, sans avoir à sacrifier son temps libre avec Stefnir et Kristín.

– Soyons prudents, Ari, répliqua Selma. C'est un sujet sensible, je ne veux pas que ça prenne des proportions démesurées. Je te fais confiance pour t'en occuper avec tact. Des journalistes t'ont contacté ?

Ari se tourna vers Ögmundur.

– Tu as reçu des appels des médias ? demanda-t-il à voix basse, conscient que Selma devait entendre.

– Quelqu'un de la radio, répondit Ögmundur. Je ne lui ai rien dit.

Ari transmit le message.

– Contacte-le, fit Selma. Dis-lui qu'un corps a été retrouvé cette nuit, mais que rien ne laisse penser à un crime. Quand il s'agit de suicide, les journalistes se montrent plus sensibles.

À en juger par le ton de sa voix, elle n'avait pas beaucoup d'estime pour cette profession.

8

Ari avait contacté le journaliste et suivi les instructions de Selma. Heureusement, l'enquête ne semblait pas partie pour faire trop de vagues. Puis il resta un moment assis à son bureau pour trouver le courage de téléphoner à Salvör, la mère d'Unnur. Elle répondit presque instantanément.

– Allô ?

Il aurait tout aussi bien pu aller chez elle, mais il avait envie de conserver une certaine distance. Éviter de faire directement face au chagrin. Une faiblesse qu'il ne pourrait jamais admettre, et dont quelqu'un comme Tómas ne se serait pas rendu coupable.

– Bonjour, c'est l'inspecteur Ari à l'appareil.

– Merci de m'avoir rappelée, dit-elle d'une voix tremblante. Est-ce que… Est-ce qu'il y a du nouveau ?

– Vous avez parlé à mon collègue, Ögmundur ?

– Je préférais m'adresser à vous.

– Il semblerait…

Il inspira profondément. Il aurait tout donné pour se trouver ailleurs.

– Il semblerait malheureusement qu'Unnur ait simplement chuté de ce balcon. Nous ignorons pourquoi…

– Quelqu'un devait être avec elle, il doit bien y avoir un témoin qui puisse nous dire ce qui s'est passé.

– Rien n'est moins sûr. Nous n'avons pas trouvé d'autres empreintes que celles de votre fille, répliqua-t-il d'un ton trop formel qu'il se reprocha aussitôt – cet appel le mettait terriblement mal à l'aise. Malheureusement, je...

– Ce n'est pas exclu pour autant, n'est-ce pas ? l'interrompit-elle. Qu'il y ait eu quelqu'un avec elle ?

– Ça reste une possibilité, en effet.

– Elle n'aurait jamais pu faire ça. Je connais ma fille, elle n'était pas suicidaire. Et les habitants de l'immeuble ? Ils n'étaient pas chez eux ? Comment a-t-elle réussi à entrer ? C'est bien l'immeuble où Jónína et Jóhann habitent ?

– C'est bien ça, oui. Et Bjarki également.

– Exact, le fils du vieux Víkingur. Lui aussi était absent ? Personne n'a rien vu ? Rien entendu ?

Les réponses à ces questions n'étaient pas à proprement parler des informations sensibles, mais Ari se demandait jusqu'où il pouvait pousser les révélations à son interlocutrice.

– Jónína et Jóhann étaient chez eux. Ce sont eux qui lui ont probablement permis d'entrer, bien qu'il reste des points à éclaircir. Et il semblerait que Bjarki ne soit pas à Siglufjördur en ce moment. Je vous tiendrai au courant si...

– Ils l'ont laissée entrer ? Pourquoi ? C'est à cause d'eux si...

– Il est bien trop tôt pour tirer de telles conclusions, répondit Ari, se maudissant en silence d'en avoir trop dit. Nous ferons bien sûr de notre mieux...

Elle lui coupa de nouveau la parole :

– Vous devez découvrir ce qui est arrivé à ma fille. Il faut que…

– Je vous le promets, laissa-t-il échapper.

Il savait pourtant à quel point il était probable que l'énigme demeure sans réponse.

– Je vous fais confiance, Ari, insista-t-elle, le désespoir perçant dans sa voix. Je vous fais confiance.

– Essayez de vous reposer un peu, Salvör.

– De me reposer ? Comment diable voulez-vous que je me repose ? Je n'arrive pas à tenir deux minutes en place !

– S'il vous vient quelque chose à l'esprit, un élément qui puisse nous être utile…

– Oui, souffla-t-elle après un bref silence.

Puis elle ajouta d'une voix brisée :

– Donnez-moi une explication, par pitié…

Elle raccrocha, et Ari resta paralysé sur sa chaise.

9

Ari devait retrouver Kristín et Stefnir chez lui pour un petit goûter, passer un peu de temps avec son fils et essayer de faire comme si rien n'avait changé. Même s'il savait qu'on ne pouvait pas revenir en arrière. Il ne le souhaitait d'ailleurs pas : les années avec Kristín avaient eu leurs bons moments, mais aussi leur lot de problèmes. Pourtant, si elle lui proposait de refaire une tentative, il ne refuserait sans doute pas – ne fût-ce que pour Stefnir.

Sur le chemin, enveloppé par le froid, il tenta de joindre Bjarki au téléphone pour s'assurer que celui-ci était bel et bien absent la nuit passée. L'historien lui révélerait peut-être quelque chose qui éclairerait l'affaire. Même si Ari était convaincu que l'adolescente avait sauté du balcon de son plein gré, la conversation avec Salvör le hantait encore, et il s'était promis de faire tout son possible, tant qu'il pouvait préserver un peu du précieux temps à passer avec sa famille.

– Allô ? fit Bjarki d'une voix teintée de surprise.

– Bonjour, Bjarki Víkingsson ?

– Lui-même. À qui ai-je l'honneur ?

– Je m'appelle Ari Thór Arason, je travaille pour la police de Siglufjördur.

– La police ? s'exclama Bjarki, perplexe. Il s'est passé quelque chose ? Un problème avec mon appartement ?

Intéressant. Le jeune homme se préoccupait avant tout de son logement, et pas d'éventuels proches : peut-être n'en avait-il aucun dans la région.

– Non, non, rien à voir.

– Que se passe-t-il, dans ce cas ?

– Une jeune femme... une jeune fille, même, a été retrouvée morte en bas de votre immeuble. Il semblerait qu'elle ait chuté du balcon du dernier étage.

– Quoi, du balcon ?! Qui ça ? C'est effroyable...

– Elle s'appelait Unnur Svavarsdóttir. Ça vous dit quelque chose ?

– Unnur ?

Un bref silence.

– Non, je... je ne crois pas. Qu'est-ce qui s'est passé ?

– Je ne peux pas trop en dire pour le moment, Bjarki. Elle est tombée, ou elle a peut-être sauté, rien n'est encore certain. Je voulais juste vous annoncer la nouvelle avant que vous l'appreniez dans les journaux.

– Je vois. Merci, oui. Quelle tragédie...

Après un nouveau silence, il ajouta :

– Comment a-t-elle réussi à monter ?

Ari hésita. D'ordinaire, il n'aurait pas répondu, mais l'homme habitait les lieux, il finirait par savoir.

– Quelqu'un a accès à votre appartement pendant votre absence ?

– Non, personne, répondit Bjarki avant d'insister : Comment a-t-elle réussi à monter ?

– Normalement, nous ne donnons pas ce genre d'informations, mais vous garderez ça pour vous ?

– Bien sûr, bien sûr...

– Le couple du rez-de-chaussée lui aurait ouvert la porte. Sans savoir de qui il s'agissait. Je crois qu'ils ne la connaissaient pas personnellement. À moins que vous n'ayez des choses à m'apprendre ?

– Non, je ne vois pas.

– Ils habitent l'immeuble depuis plus longtemps que vous, n'est-ce pas ?

– Oui, bien plus longtemps. Je viens d'emménager, pour ainsi dire. Le bâtiment appartient à ma famille depuis de nombreuses années, mais cela ne fait qu'un an que j'y habite, par intermittence. J'écris une thèse de doctorat sur les Islandais qui ont émigré vers l'Amérique, et plus particulièrement ceux de Siglufjördur, où ma mère a grandi.

– Mais vous n'avez plus de proches sur place, glissa Ari.

– En effet. Comment le savez-vous ?

– Simple intuition. Dites-moi, vous étiez à Siglufjördur ces derniers jours ?

– Non, non, à Reykjavík. Je participais à un colloque qui a pris fin hier, et là, je m'offre quelques jours de congé pour Pâques. Pourquoi ? fit-il, le timbre plus assourdi.

Ari se lança :

– On doit vérifier, c'est la procédure. Après tout, ça s'est passé dans votre immeuble. Il n'est pas exclu que quelqu'un ait... eh bien, poussé cette jeune fille du balcon.

– Poussé ? Je... je..., balbutia Bjarki, mal à l'aise. Ça fait trois jours que je suis à Reykjavík, il n'y a aucun doute à avoir, je... Vous pouvez interroger mes collègues, je donnais même une conférence hier...

– Ne vous inquiétez pas, je n'ai aucune raison de mettre votre parole en doute. Je m'entretiendrai peut-être avec vos collègues si nécessaire.

– Très bien, répondit Bjarki, apparemment rassuré.

– Et ça va sortir en livre ? demanda Ari.

– En livre ?

– Votre thèse. Le sujet pourrait m'intéresser.

– Ah, oui, c'est passionnant. Je pense qu'une partie de mes recherches sera publiée, en effet.

– J'ai hâte de lire ça. Merci pour tout, Bjarki, je vous recontacte si besoin, conclut Ari d'une voix qu'il voulait forte.

Il avait désormais l'impression d'être dans la peau de Tómas, l'inspecteur de la petite ville, l'homme en charge, celui qui avait les responsabilités et le pouvoir.

– Oui, bien sûr.

– Et s'il vous vient une idée, Bjarki, si vous vous rappelez quelque chose qui permettrait de comprendre ce qu'Unnur faisait là cette nuit, appelez-moi sans tarder.

– Évidemment, oui. Je le ferai.

10

– Ne t'inquiète pas pour nous, mon Ari. C'est horrible. Pauvre gamine.

Mon Ari. À une autre époque, elle aurait ajouté *chéri.* Certains jours, il se prenait à rêver que tout redevienne comme avant : Stefnir assoupi dans son lit à barreaux pendant que Kristín et lui sirotaient du vin rouge en refaisant le monde dans la cuisine au rez-de-chaussée. Et à présent, c'était presque le cas. Fatigué du voyage, Stefnir dormait à poings fermés dans son vieux lit devenu trop étroit. Monté s'assurer que tout allait bien, Ari l'avait contemplé un moment, songeant à tous ces instants qu'il avait manqués dans la vie de son fils. Il avait la sensation de s'éloigner de lui un peu plus chaque jour, malgré son jeune âge et le fait qu'il n'aurait presque aucun souvenir de ces années. Ou peut-être précisément pour cette raison, parce que tant de choses se forgeaient durant la plus tendre enfance.

Quoi qu'il en soit, Kristín et lui étaient assis à la table de la cuisine, comme dans ses rêveries, le vin rouge en moins. La scène était parfaite, et la vue par la fenêtre plus majestueuse que jamais, offrant au regard les montagnes enveloppées d'une douce lumière qui faisait scintiller leurs sommets enneigés. Ce n'était pas la réalité, juste une chimère, malgré la présence de Kristín face à lui. Leurs échanges avaient été un peu forcés au début, mais rapidement ils avaient retrouvé leur naturel. Il s'était excusé de passer tant de temps au travail, lui avait raconté les événements de la nuit et de la matinée.

– Je vois bien que tu es fatigué, Ari.

Elle sourit. C'était précisément ce sourire chaleureux qui l'avait fait tomber amoureux d'elle. Il se demanda si un autre homme s'était laissé séduire, si elle avait rencontré quelqu'un en Suède. Il espérait que non. Il voulait garder Stefnir pour lui tout seul aussi longtemps que possible.

– Je crois que tu as raison, répondit-il en s'autorisant un bâillement. Je suis navré, je ne m'attendais vraiment pas à ça.

– Tu peux t'allonger un peu à côté de Stefnir si tu veux.

Il avait envie de continuer à bavarder un moment avec elle, mais la fatigue se rappelait sans cesse à lui, et la perspective de dormir aux côtés de son fils lui plaisait.

– Tu penses qu'il s'agit d'un suicide, Ari ? Tu penses que cette jeune fille s'est donné la mort ?

Il réfléchit un instant.

– Sans doute, c'est ce qu'il y a de plus probable. La piste de l'accident me semble tirée par les cheveux, vu la configuration du balcon. Il faut vraiment le vouloir pour...

– À moins que quelqu'un ait...

Elle ne termina pas sa phrase.

Ari leva les yeux vers elle.

– J'espère vraiment que ce n'est pas le cas.

– Mais tu l'as envisagé, si je te connais bien.

Elle sourit de nouveau.

Il fallait admettre qu'elle avait raison. Il avait déjà passé en revue tous les suspects potentiels dans cette affaire. Gudjón, l'artiste qui avait découvert le corps, Jóhann et Jónína, le couple du rez-de-chaussée, Salvör, la mère d'Unnur… et peut-être Bjarki, l'intellectuel du premier étage, même s'il était apparemment absent au moment des faits. La liste devait évidemment être plus longue. Qui fréquentait Unnur au quotidien ? Qui la connaissait bien ? Des camarades de classe, des amis ? Son père… Ari se perdit dans ses pensées.

– On ne peut jamais rien exclure, conclut-il, se retenant de bâiller de nouveau.

– Mon Ari, il est temps d'aller te reposer. Je vais laisser Stefnir dormir une demi-heure de plus, profites-en.

Il se leva.

– Bonne idée. À tout à l'heure.

Il monta à l'étage et rejoignit la chambre à pas de loup pour ne pas réveiller le petit. S'allongeant prudemment sur son lit, il se tourna vers celui à barreaux, juste à côté, et observa son fils qui dormait paisiblement. Il était si beau. Et il avait déjà tellement grandi. Plusieurs mois s'étaient écoulés depuis leur dernière rencontre, et même s'ils discutaient parfois au téléphone ou par Internet quand Stefnir était de bonne volonté, c'était toujours un événement de le voir en chair et en os, de pouvoir le prendre dans ses bras.

Ari tendit la main vers lui et la posa doucement sur la sienne, puis il ferma les paupières et se laissa porter vers le pays des rêves, où tout était toujours parfaitement à sa place.

Vendredi saint

11

– Allô… Ari ?

Il reconnut immédiatement la voix, alors qu'ils ne s'étaient pas parlé depuis une éternité.

Ugla, la jeune femme rencontrée lors de son premier hiver à Siglufjördur. Leur relation avait failli devenir sérieuse. Ou peut-être pas, dans la mesure où il avait oublié de l'informer du fait qu'il avait une petite amie à Reykjavík. Depuis, c'est à peine si elle lui avait dit bonjour les quelques fois où ils s'étaient croisés. Cette aventure avait marqué le début de la fin pour Kristín et lui, bien qu'ils aient persisté plusieurs années après cela, et même donné naissance au petit Stefnir.

Ugla l'appelait sur son portable. Elle avait dû conserver son numéro depuis tout ce temps, car il ne figurait pas dans l'annuaire.

Il hésita un instant, non pas parce qu'il n'avait pas envie de lui parler, mais parce qu'il avait la sensation de faire un bond de sept ans en arrière et de se revoir, la rencontrant pour la première fois alors qu'il venait d'emménager. Elle avait tout de suite été à son écoute, elle le comprenait. En entendant sa voix à présent, il était de nouveau pris d'une étrange excitation.

– Ugla, dit-il d'un ton amical. Salut. Ça fait plaisir.

– Merci, plaisir partagé, répondit-elle après un silence désagréablement long – à peine convaincante.

– Comment vas-tu ? demanda-t-il.

Il savait qu'elle avait quitté la compagnie de pêche pour laquelle elle travaillait et s'était trouvé un nouvel emploi. Un médecin avait racheté le vieux collège, bâtiment laissé à l'abandon depuis des années, pour le transformer en maison de retraite privée et Ugla avait postulé. Ari avait appris la nouvelle par ouï-dire et n'en savait pas vraiment plus, si ce n'était que le projet promettait d'être lucratif. Les murs avaient coûté une bouchée de pain et, s'il y avait suffisamment de patients, l'établissement pourrait recevoir d'importantes subventions de l'État.

– Tout va bien, répondit-elle. Je te dérange ?

– Pas du tout.

– Je voulais te dire un mot au sujet de cette jeune fille qui est morte hier. J'en ai entendu parler aux infos et...

– Tu la connaissais ?

– Non, pas du tout. Enfin, je ne pense pas, son nom ne me dit rien. Elle avait dix-neuf ans, n'est-ce pas ? Je ne fréquente pas vraiment de personnes de cet âge-là.

– Bien sûr.

– En fait, c'est autre chose, j'ignore si ça a un rapport direct, mais on ne sait jamais, tu comprends ? Et je préférais t'en parler à toi, Ari. Je sais que nous n'avons pas été beaucoup en contact depuis... oui, depuis...

Pas beaucoup. Ari ne put retenir un sourire. *Pas du tout* aurait été plus près de la réalité. Elle s'était complètement fermée à lui et ne lui avait plus adressé la parole. La douceur qu'il décelait dans sa voix suggérait toutefois que sa colère s'était apaisée. Car elle avait bien sûr sombré dans une fureur noire lorsque, à l'époque, il lui avait révélé l'existence de Kristín. On pouvait difficilement le lui reprocher.

– Oui, je sais, dit-il simplement.

– On peut peut-être en reparler plus tard.

Une fois encore, il sentit comme un picotement dans son ventre. Bon sang, il avait passé l'âge de se comporter comme un collégien ! Qui plus est, ce n'était vraiment pas le moment de s'enticher à nouveau d'Ugla, au beau milieu d'une enquête, avec Kristín qui était en ville.

– Je me demandais si tu pouvais passer. J'aimerais mieux t'expliquer ça de vive voix plutôt qu'au téléphone.

Elle se tut un instant avant d'ajouter :

– Ce n'est sans doute rien, et cela n'a probablement aucun rapport avec cette fille, mais… je préfère que tu saches.

– Bien sûr. J'ai un peu de temps devant moi maintenant, si tu es disponible.

– Euh, oui… OK, ça peut marcher. Je suis au boulot, tu me rejoins ?

– J'arrive. J'en ai pour deux minutes à pied.

– À vrai dire, j'ai changé de travail, je bosse à la nouvelle maison de retraite, dans l'ancien collège…

– Je sais, répliqua Ari par réflexe – ou peut-être parce qu'il voulait lui signifier qu'il ne l'avait pas oubliée.

– D'accord, tu peux passer maintenant, c'est parfait. Je suis seule pour au moins une heure. Le médecin s'est absenté, et je n'ai pas très envie qu'il sache que j'appelle la police concernant un de ses patients, surtout pour un bête soupçon de ma part…

– Je pars tout de suite.

Ari raccrocha.

Que j'appelle la police concernant un de ses patients. Sa curiosité était piquée, mais il avait surtout hâte de revoir Ugla.

12

Tómas parlait souvent avec nostalgie de ses années dans l'ancien collège. « C'est vraiment dommage qu'il ait fermé », disait-il à chaque fois qu'ils passaient devant. Ari sourit en repensant à cette belle époque où ils faisaient équipe, où il avait quelqu'un de confiance sur qui se reposer. Le travail d'inspecteur était bien plus solitaire, en dépit d'un salaire plus élevé et du respect qu'inspirait son nouveau titre.

Il était à l'hôtel au moment où Ugla avait appelé. Il avait plutôt bien dormi. Malgré un emploi du temps chargé, il était parvenu à passer un long moment avec Kristín et Stefnir la veille. Des médias l'avaient contacté, et la mort de la jeune fille avait été relatée dans le journal télévisé du soir, sans plus de détails. L'histoire avait cependant déjà rapidement fait le tour de la petite ville.

Il enfila son manteau et quitta l'hôtel d'un pas vif. Il traversa la place de la mairie, remonta la côte qui longeait l'église et passa devant l'école maternelle où Stefnir aurait dû être scolarisé avant que tout ne vole en éclats. Puis il gagna la rue Hlídarvegur où se trouvait l'ancien collège. Il faisait un froid glacial et les premiers flocons avaient déjà commencé à tomber. Un léger vent annonçait la tempête prévue pour après le week-end.

D'importantes chutes de neige étaient attendues pour Pâques, ce qui ne manquerait pas de réjouir les amateurs de ski qui avaient envahi la ville. À plusieurs reprises, Ari avait fait l'effort de tester les pistes, mais son niveau restait celui d'un débutant. Il s'obstinait malgré tout, progressant un tout petit peu à chaque fois. S'il voulait être considéré comme un vrai habitant de Siglufjördur, il serait forcé de faire au moins semblant d'aimer le ski.

L'ancien collège, un beau bâtiment entièrement peint en rouge, avait bénéficié d'un léger rafraîchissement depuis le changement de propriétaire. De l'extérieur, rien n'indiquait qu'on avait affaire à une maison de retraite. Il aurait toujours pu s'agir d'un établissement scolaire, si ce n'était le calme environnant. Ugla l'attendait à la porte.

Il s'apprêtait à lui serrer la main lorsqu'elle le prit dans ses bras.

– Contente de te voir, Ari.

– Moi aussi. Ça fait longtemps.

Elle sourit.

– Oui, bien trop longtemps. Montons. Il est au premier étage.

À l'intérieur régnait une propreté absolue. Entre la clarté lumineuse des lieux, l'atmosphère apaisante et la radio dont il percevait l'écho quelque part, le décor tranchait avec celui d'un centre de soins habituel.

– Tu es de garde ?

– Oui. En général, c'est plutôt tranquille en milieu de journée. Nous ne sommes que deux, la plupart du temps. On se partage les gardes de nuit avec Hersir et un bénévole de la ville qui vient parfois nous prêter main-forte. Hersir, c'est le médecin, précisa-t-elle. Nous avons à l'heure actuelle quatre chambres pouvant accueillir deux résidents chacune, et nous sommes en train d'en équiper quatre autres à l'étage. Le budget était un peu serré au début, mais les travaux ont pu reprendre à présent. Le centre ne sera sans doute pas bénéficiaire à moins d'avoir suffisamment de monde. Nous avons déjà été complets par le passé, mais en ce moment il reste des places. Je crois que Hersir est en pleine négociation avec la région pour accueillir de nouvelles personnes.

– Tu es heureuse, ici ?

Elle le regarda, comme surprise par la question.

– Très. J'espère juste que ça va marcher. J'envisage de reprendre des études pour devenir infirmière.

– Vraiment ? Quand ça ?

– Peut-être à l'automne. J'ai une bonne expérience, maintenant.

Pour une mystérieuse raison, Ari n'aimait pas la perspective de la voir quitter Siglufjördur. Malgré ce silence prolongé entre eux, c'était comme s'il partageait quelque chose avec elle, comme si un lien les unissait encore, un lien qu'il avait négligé. Il s'efforça d'ignorer ces vaines pensées, il ne se passerait rien entre eux. Pas plus qu'avec Kristín.

– Et ce Hersir, c'est le seul médecin ici ? demanda Ari.

C'était plus fort que lui, il ne pouvait s'empêcher de voir dans cet établissement une occasion à saisir pour Kristín. Ils pourraient ainsi vivre tous les deux à Siglufjördur. Au moins, Ari verrait son fils tous les jours.

– Oui, je crois que c'est encore trop compliqué pour lui d'engager quelqu'un d'autre. Sa femme et lui ont investi toutes leurs économies dans ce projet. Ça a coûté une fortune, il a fallu rénover l'ensemble du bâtiment, mais le résultat est très réussi, on s'y sent vraiment bien. Évidemment, si le prix de l'immobilier était un peu plus élevé, ça pourrait valoir le coup de changer tout ça en appartements et de les vendre. Enfin, je crois qu'il a l'intention de s'en tenir à la maison de retraite. Tu le connais ?

Ils discutaient au milieu du couloir. Quelques portes étaient ouvertes et la radio qu'Ari discernait provenait d'une des chambres ; un résident écoutait la Rás 1[1]. Aussitôt lui revint le souvenir de sa grand-mère, chez qui il avait grandi après la mort de sa mère et la disparition de son père. Cette vieille « machine à vapeur », ainsi que l'on surnommait parfois la station de radio, tournait en boucle à longueur de journée, et son incessant murmure au ton si formel et apaisant lui était devenu familier.

– Un peu, répondit-il.

Dans ce genre de communauté, tout le monde connaissait les médecins, le pasteur, l'inspecteur de police… Les restes d'une société qui se structurait autrefois autour de ces fonctions.

– Un homme sympathique, poursuivit-il. Toujours prêt à se rendre utile.

Ugla sourit. De toute évidence, elle aimait beaucoup son patron. Un instant, Ari se demanda s'il se

1. Radio publique islandaise.

passait quelque chose entre eux. Il eut un pincement à l'estomac, mais cela lui semblait improbable. C'était un homme marié, par ailleurs plus âgé qu'elle.

– Hávardur est ici, dit-elle en montrant la porte fermée d'une des chambres. Je crois qu'il dort. Il a plus de quatre-vingts ans. Il a beau ne pas avoir toute sa tête, il lui arrive fréquemment de dire des choses sensées, c'est pourquoi je me suis un peu inquiétée, tu comprends ?

– Inquiétée de quoi ?

– De ce qu'il a écrit.

Ari ne voyait toujours pas où elle voulait en venir.

– Ma collègue et moi étions en train de discuter de l'adolescente qui est morte. Nous étions dans sa chambre, il aime bien avoir de la compagnie. Nous ne faisions que bavarder, tu vois, « Pauvre gamine, c'est terrible ce qui est arrivé »...

Ugla s'exprimait de manière précipitée et semblait avoir le cœur lourd.

– Dóra, ma collègue... elle connaissait un peu sa mère. Hávardur est revenu à lui et nous a demandé de quoi nous parlions. Il avait connu le grand-père de cette fille, mais bon, comme tu sais, tout le monde se connaît à Siglufjördur, et il a vécu toute sa vie ici. On lui a raconté ce qui s'était passé, on ne pensait pas que ça poserait problème, on n'avait pas l'intention de le perturber avec ça, tu vois ?

Ari acquiesça.

– Mais sa réaction a été brutale, il s'est agité, a demandé si elle était vraiment morte. On aurait cru qu'il avait des choses à dire. C'était vraiment perturbant, Ari. J'ai pensé qu'il devait être en plein délire. Parfois, il a toute sa tête, mais à d'autres moments, il est comme prisonnier de son propre monde. Comme tu l'auras compris, Hersir est spécialisé dans les maladies du vieillissement…

– Tu veux que je lui parle ? demanda Ari.

Ugla réfléchit.

– Eh bien, je ne crois pas que ça en vaille la peine. C'est difficile de savoir quand on peut établir un véritable contact avec lui. Mais je voulais te montrer quelque chose.

Elle fit un pas vers la porte, puis sembla de nouveau hésiter.

– Il aime bien dessiner, il peignait beaucoup dans sa jeunesse, tu as dû voir quelques-unes de ses créations. Il est très talentueux. Il a toujours des crayons de couleur et du matériel à disposition près de son lit. Et ce matin, quand je suis venue le voir, regarde ce que j'ai trouvé…

Elle ouvrit la porte.

13

Des deux lits qui équipaient la chambre, seul celui près de la fenêtre était occupé. Hávardur dormait, parfaitement immobile. Sur le mur derrière lui était écrit, dans un rouge criard :

Elle a été tuée.

Encore et encore. *Elle a été tuée.* Ari fut traversé d'un frisson. Il s'approcha du mur pour observer l'inscription. L'écriture était irrégulière, proche du gribouillis, mais le message demeurait limpide. À l'image du chaos dans l'esprit d'un homme confus, le mur était presque entièrement recouvert de cette unique et même phrase. Hávardur savait-il quelque chose ? Connaissait-il cette adolescente, ou peut-être simplement ses grands-parents ? Avait-il reçu de la visite depuis que le corps avait été retrouvé ?

– C'est... étrange, dit simplement Ari.

– Oui, il y a de quoi être mal à l'aise, répondit Ugla. J'avais l'intention de nettoyer le mur, mais je voulais d'abord t'en toucher un mot. Évidemment, il peut s'agir de simples élucubrations. Mais il a écrit ça hier soir, directement après notre conversation au sujet de cette jeune fille, comme s'il était au courant de quelque chose…

– Compte tenu de ce que tu sais de sa santé mentale, est-ce qu'on peut prendre ça au sérieux ?

– Il faudrait poser la question à Hersir, je ne suis pas spécialiste. Mais comme je te l'ai dit, il flotte sans cesse entre la réalité et son propre monde. Il lui arrive fréquemment de tenir des propos sensés.

Ari aurait aimé pouvoir lui dire de nettoyer ces gribouillis, de faire comme si de rien n'était. Ne voir dans ces inscriptions que les divagations d'un vieillard. Cela aurait été tellement mieux. Pâques, Kristín et surtout Stefnir à la maison… La dernière chose dont il avait envie, c'était de passer le week-end plongé dans une enquête. On ne pouvait même pas vraiment qualifier ça d'indice, les liens avec l'adolescente étaient trop ténus, voire inexistants, et Hávardur était sénile. Le plus simple serait d'oublier l'incident…

Mû par un mauvais pressentiment, il prit quelques photos du mur avec son téléphone et demanda à Ugla :

– Est-ce que je pourrais en discuter un peu avec Hersir, avant que vous n'enleviez tout ça ?

– Bien sûr, sans problème. Il devrait revenir tout à l'heure, même si je crois qu'il n'a pas envie de s'éterniser ce week-end. Tout le monde veut aller skier. Tu peux aussi sonner chez lui, sa femme et lui habitent tout près.

– Je ne sais pas trop, marmonna Ari, sans doute plus pour lui-même que pour son interlocutrice.

Portant son regard sur le vieil homme toujours profondément endormi, Ugla posa une main prudente sur l'épaule d'Ari pour lui faire signe de sortir.

– Allons nous installer ailleurs, je ne veux pas le réveiller.

Ils prirent place à une vieille table en bois de la cafétéria. Ugla remplit la bouilloire d'eau.

– Je crois me rappeler que tu bois surtout du thé, n'est-ce pas ?

Ari sourit.

– Du thé noir, oui, ce sera très bien.

Il avait à vrai dire commencé à boire du café, mais décida de le garder pour lui.

– Tu as essayé d'aller skier ? demanda-t-elle pendant que l'eau chauffait.

– Pas vraiment. Ça me fait un peu peur, je n'ai pas envie de me casser la jambe.

– C'est tellement amusant, Ari. C'est l'une des raisons pour lesquelles je suis restée aussi longtemps ici.

– Mais tu disais envisager de reprendre des études ailleurs ?

Il se sentait bien avec elle. L'atmosphère était agréable, détendue, comme s'ils s'étaient quittés la veille. Peut-être lui avait-elle pardonné. Peut-être, simplement peut-être, y avait-il un infime espoir de reprendre là où ils s'étaient arrêtés… Voilà une réflexion à laquelle il ne s'était pas attendu.

– En soins infirmiers, oui. Ça me plaît vraiment, et je pense que je pourrais devenir très douée dans ce domaine.

– Je n'en doute pas. Tu habites toujours le même appartement ? demanda-t-il, même s'il connaissait déjà la réponse.

– Oui, j'ai revendu la maison dont j'avais hérité à un avocat de Reykjavík et j'ai pu rembourser mon emprunt. Elle aurait été beaucoup trop grande pour moi toute seule.

La précision n'était sans doute pas un hasard. Elle vivait toujours seule. Ari savait qu'elle avait été en couple à une époque avec un homme de la compagnie de pêche pour laquelle elle travaillait, mais que cela n'avait pas duré.

– Tu joues toujours du piano ? s'enquit Ugla, une pointe de malice dans la voix.

Elle le lui avait enseigné quelque temps, puis les cours s'étaient interrompus aussi abruptement que leur histoire.

– Je dois avouer avoir un peu laissé tomber. J'avais pourtant de bonnes bases. Il m'arrive de m'asseoir au piano à la maison et d'essayer de jouer quelque chose, mais... Il faudrait que je m'y remette plus sérieusement.

– J'ai complètement arrêté de donner des cours, ce n'était peut-être pas une très bonne idée, dit-elle en versant de l'eau dans la tasse d'Ari.

Elle la lui tendit avec un sachet de thé, puis poursuivit :

– J'ai encore mon piano. J'imagine que je pourrais faire une exception et te redonner quelques leçons. Mais j'aime autant te prévenir : mes tarifs ont augmenté, ajouta-t-elle avec un clin d'œil.

14

Ari téléphona à Kristín en redescendant vers le centre-ville.

Les rues étaient nettement plus animées que d'habitude. Les flocons tombaient avec légèreté sur le sol. À ce rythme, la ville serait entièrement blanche avant la tombée de la nuit. Les intenses chutes de neige n'affectaient plus Ari comme avant. Siglufjördur s'était ouverte au monde ; avec la construction du nouveau tunnel et les deux routes qui reliaient désormais le village au reste du pays, les chances de s'y retrouver bloqué étaient bien moindres qu'à l'époque où l'unique accès se faisait par le tunnel Strákagöng et la nationale, entravés par de régulières avalanches au plus fort de l'hiver.

– Salut, on se retrouve à midi ? demanda-t-il.

– Ou même plus tôt, répondit-elle. Stefnir a envie de te voir, on pourrait l'emmener faire de la luge, autant profiter de la neige tant qu'il n'y a pas de vent.

– Je devrais pouvoir me libérer rapidement.

Il hésita à dire qu'il était pris par une enquête – l'affaire méritait-elle d'ailleurs ce qualificatif ? C'était comme ça que les disputes commençaient autrefois, lorsqu'il était trop occupé pour passer du temps avec elle, ou inversement. Étant donné le peu de jours qu'ils avaient ensemble avec leur fils, Ari comptait bien éviter tout conflit.

– Je vous retrouve à la maison dès que je suis libre ?

– Rejoins-nous plutôt à la boulangerie, on va sortir faire un tour.

Ari raccrocha. Il était arrivé au domicile du médecin, une vieille maison en bois rouge sombre avec un élégant jardin. Une petite allée partait du trottoir jusqu'à la porte d'entrée. Il se rappelait cette bâtisse quasiment à l'état de ruine à l'époque où il avait emménagé à Siglufjördur. Aujourd'hui, elle avait plutôt fière allure. Tant par sa taille que par son architecture, elle impressionnait, mais demeurait accueillante. Elle avait conservé son charme désuet. Ce n'était pas la seule maison à avoir subi d'importants travaux de rénovation. L'ensemble du village reprenait vie, d'année en année. La station de ski était redevenue à la mode, des restaurants et des hôtels avaient fleuri un peu partout, et les habitants du reste du pays s'étaient rendu compte qu'acquérir un chalet d'été dans ces régions septentrionales n'était pas une si mauvaise idée. Lorsque Ari était arrivé, les maisons se négociaient pour une bouchée de pain. Depuis, le prix de l'immobilier grimpait de manière constante, même s'il était loin d'atteindre les sommets de la capitale. À l'époque, on lui avait expliqué que la croissance économique liée à l'activité bancaire ne s'était jamais étendue jusqu'à Siglufjördur. Le tourisme y était parvenu, même s'il y avait encore matière à progresser. Et les habitants semblaient heureux. Il flottait dans les cœurs comme un air de printemps, tandis que dehors l'hiver régnait encore en maître.

Ari n'avait pas annoncé sa visite. Il frappa à la porte, et Hersir vint rapidement ouvrir.

– Ça alors, l'inspecteur en personne ! s'exclama-t-il avec un sourire qui céda bientôt la place à une expression plus grave. Tout va bien ? Il s'est passé quelque chose ?

– Rien qui vous concerne directement, Hersir, ne vous inquiétez pas. Est-ce que je pourrais entrer ? J'ai quelques questions à vous poser au sujet d'un de vos patients, si vous me le permettez.

– Bien sûr.

S'écartant pour le laisser passer, le médecin lui fit signe de s'asseoir à la table. Le salon et la salle à manger constituaient un seul et même espace avec une cuisine ouverte ; on avait la sensation de pénétrer dans un chalet de vacances convivial.

– Cela concerne Hávardur.

Assis face à lui, Hersir pencha légèrement la tête.

– Ah ? fit-il avec un sincère étonnement.

– Comment dire… Cette nuit, il a gribouillé sur le mur de sa chambre après avoir… parlé avec vos employées de la jeune fille qui est morte hier. J'ai cru comprendre qu'il connaissait sa famille.

– Comment ça ? répliqua Hersir, pris de court. Gribouillé sur le mur ? Comment le savez-vous ? Je ne comprends pas tout à fait.

Ari se rendit alors compte qu'il allait peut-être attirer des ennuis à Ugla, mais le mal était fait.

– Ugla m'a téléphoné ce matin, elle pensait que cela avait peut-être à voir avec la mort de cette adolescente.

– La mort de cette adolescente ? Comment Hávardur pourrait-il…, commença Hersir avant de marquer une pause. Dites-moi plutôt ce qu'il a écrit. Ugla aurait dû m'appeler.

Il secoua la tête.

– *Elle a été tuée*, répondit Ari.

– Quoi ? souffla le médecin.

– Hávardur a écrit cette phrase sur le mur. Plusieurs fois.

– Et…

L'homme ne trouvait plus ses mots.

– Je ne dis pas que les deux événements sont nécessairement liés, mais vous admettrez que c'est étrange, reprit Ari.

– Très étrange. Le pauvre homme est extrêmement malade, dans un état avancé de démence…

Le médecin semblait agacé d'apprendre les faits par son intermédiaire.

– Il faut vous mettre à la place d'Ugla, expliqua Ari. Elle était choquée, son premier réflexe a été de me téléphoner. On se connaît plutôt bien, et une enquête est en cours. Tout porte à croire qu'il s'agit d'un suicide, mais je dois découvrir s'il y a la moindre possibilité qu'un crime ait été commis.

– Effroyable, absolument effroyable, soupira Hersir.

– Vous pouvez m'en dire un peu plus sur Hávardur ? Est-ce qu'il a pu écrire ces mots en toute conscience ?

Le médecin s'appuya au dossier de sa chaise et réfléchit.

– Je ne sais pas quoi vous répondre, Ari. Il est vieux et sénile, parfois il dit des choses qui ont du sens, parfois il parle dans le vide. D'après moi, il est fort probable que… Il est fort probable que cela ne veuille rien dire. Mais vous ne croyez tout de même pas qu'elle a été assassinée ?

– Je ne pense pas. Je ne vois pas qui aurait pu s'en prendre à elle. Elle n'avait que dix-neuf ans…

– Hersir ! lança une voix depuis l'étage.

Une femme d'une quarantaine d'années apparut en haut de l'escalier.

– Excusez-moi, j'ignorais que nous avions de la compagnie, ajouta-t-elle en descendant, avant de tendre la main à Ari. Je ne crois pas que nous nous soyons officiellement présentés. Je m'appelle Rósa, je suis l'épouse de Hersir.

Il se leva et lui serra la main.

– Ari Thór, inspecteur de police.

– Bien sûr, je vous connais, dit-elle avant de se tourner vers son mari. Tout va bien ?

– Oui, c'est juste le vieux Hávardur. Tu te souviens de lui ?

– Il est mort ? Pauvre homme. Encore une chambre vide…

– Non, non, il a eu une petite crise, il s'est mis à dessiner sur les murs. Il faut que j'aille voir ça de mes propres yeux.

– Vous permettez que je m'entretienne un moment avec lui ? demanda Ari.

– Il faudra sans doute que je demande l'autorisation à sa famille. Son fils habite ici, je vais d'abord le contacter, si vous êtes d'accord. Mais je doute qu'il vous raconte quoi que ce soit d'utile, c'est vraiment devenu difficile de communiquer avec lui ces derniers temps.

Resté debout, Ari était sur le départ. Aucune raison de prolonger sa visite.

– Vous me rappellerez lorsque je pourrai venir le voir ? Ça ne coûte rien de lui parler, même si cela ne donne pas grand-chose.

Le médecin se leva à son tour.

– Bien sûr, nous trouverons un créneau durant le week-end. Vous comptez bien rester ici pour Pâques ?

– Évidemment, répondit Ari. Comme tout le monde, semble-t-il.

– Peut-être que nous nous croiserons sur les pistes, dans ce cas. Rósa et moi comptons bien en profiter autant que possible.

15

La boulangerie s'était métamorphosée au fil du temps. Quand Ari était arrivé à Siglufjördur, elle était petite et vieillotte, mais avec le nombre croissant de touristes qu'on croisait presque tout au long de l'année, les propriétaires s'étaient lancés dans de gros travaux d'agrandissement et avaient transformé leur modeste commerce en véritable café. L'heure était au changement, et si Ari avait parfois la nostalgie d'une autre époque, il aimait malgré tout ce nouveau lieu bouillonnant de vie. Pour son plus grand bonheur, il restait des roulés à la cannelle dans la vitrine. Il était devenu compliqué d'en acheter, les fournées s'épuisaient vite. Il se rabattait alors en général sur le délicieux gâteau au sirop, la pâtisserie la plus typique de Siglufjördur, selon les anciens.

Quand Ari était encore enfant, le Vendredi saint était à ses yeux un jour à part. Tout était fermé, et ses parents lui interdisaient même de jouer. La seule chose qu'il avait le droit de faire pour tuer le temps, c'était de lire, avant de regarder les programmes de Pâques de la télévision publique le soir venu. Désormais, cette journée ne semblait plus rien avoir de particulier. La boulangerie était ouverte, et toutes ses tables étaient occupées par des clients en combinaison de ski. Il neigeait encore dehors, tandis qu'à l'intérieur, des odeurs de pâtisserie et de café fraîchement moulu se mêlaient dans l'atmosphère chaleureuse du lieu.

Installée dans un coin, Kristín beurrait une tranche de pain en bavardant avec Stefnir lorsqu'elle remarqua son arrivée. Elle lui sourit, et le petit garçon tendit le cou, sans bouger de son siège. Auparavant, il aurait peut-être sauté dans les bras de son père, mais une certaine distance semblait s'être installée entre eux depuis qu'il vivait en Suède. Malgré leur belle entente, Stefnir se montrait plus timide avec lui, et Ari ne savait pas comment faire pour arranger la situation, si ce n'était déménager à son tour pour être présent au quotidien. Il se consolait en se répétant que ce séjour à l'étranger était provisoire, que Kristín avait promis de revenir en Islande dès la fin de ses études. Mais son cursus était long et les premières années d'une vie, si fondamentales, passaient à une vitesse folle. Peut-être aurait-il dû insister pour le garder plus longtemps auprès de lui. Il ne voulait toutefois pas créer de conflit avec Kristín, ni arracher son fils à ce nouvel environnement auquel il commençait tout juste à s'habituer. Ils finiraient par trouver une solution. En tout cas, Ari n'allait pas gâcher le moment présent avec ce genre de réflexion : ils étaient là, et c'était tout ce qui comptait.

– Salut.

Il les serra dans ses bras l'un après l'autre. Kristín buvait une tasse de café et Stefnir sirotait du jus d'orange entre deux bouchées de beignet.

– Je vais passer commande, dit Ari avant de rejoindre la file d'attente.

Son portable sonna pendant qu'il patientait.

– Salut, c'est Ugla.

– Salut, dit-il avant de jeter un coup d'œil furtif en arrière.

Kristín était à bonne distance. Il ne voulait pas avoir à s'expliquer.

– Hersir m'a appelée, il est en chemin. Il m'a demandé de nettoyer le mur. Je peux ?

– Oui, bien sûr.

Elle laissa passer un bref silence avant de demander :

– Et sinon, ça te dirait de venir prendre un café à la maison ? Je ne bouge pas du week-end.

S'il ne voulait pas parler d'elle à Kristín, l'inverse était également vrai. Ce n'était pas le moment de créer des problèmes avec Ugla alors qu'ils venaient juste de se retrouver.

– Ce serait super. Je... je t'appelle si j'ai un moment de libre. Je suis pas mal occupé, à cause du travail, mais on ne sait jamais.

Il raccrocha et commanda un thé bien chaud, comme à son habitude. En revanche, le client précédent avait acheté le dernier roulé à la cannelle.

16

– Parlez-moi un peu d'Unnur.

Ari était assis dans le salon, chez la mère de la jeune fille. La lumière était éteinte, la seule source de clarté provenait de la fenêtre.

Kristín avait emmené Stefnir au jardin d'enfants, et Ari en avait profité pour passer au poste de police où l'attendaient de nombreux messages de Salvör. Il pensait de toute façon lui rendre visite, ne fût-ce que pour faire taire le doute qu'Ugla avait instillé en lui et mener une enquête plus approfondie. Même si Hersir l'avait averti de ne pas prendre le vieil homme trop au sérieux.

– Merci d'être venu, répéta Salvör, les yeux rougis et les traits tirés. Je n'ai presque personne vers qui me tourner ici, aucun proche dans la région. Ma sœur habite à l'étranger, elle est en train d'essayer de se libérer de son travail pour venir. Heureusement, le révérend Eggert m'a tenu compagnie.

– Et le père d'Unnur ?

– Il vit aux États-Unis, il a pris l'avion pour l'Islande hier soir, j'imagine qu'il ne devrait plus tarder à arriver. Nous sommes divorcés.

Ari se reconnaissait dans cette situation : le père dans un pays, la mère dans un autre avec l'enfant. L'espace d'une seconde, il eut presque envie de demander à Salvör de lui décrire la relation entre Unnur et son père pour savoir comment ses rapports avec Stefnir évolueraient.

– J'aurai sûrement besoin de l'interroger.

– Bien sûr.

– Mais parlez-moi de votre fille, si ce n'est pas trop vous demander…

Salvör sembla rassembler ses forces. Inspirant profondément, elle essuya une larme sur sa joue et leva les yeux.

– Unnur, elle était… Elle était d'une gentillesse absolue. Elle ne me causait jamais de souci, jamais le moindre problème. Elle travaillait dur à l'école, elle était souvent première de sa classe.

– Elle était au lycée d'Ólafsfjördur, c'est bien ça ?

– Oui. Elle avait envisagé d'aller à Reykjavík, mais finalement elle a préféré rester près de moi. Je crois qu'elle n'était pas prête à prendre son indépendance. Nous étions encore très proches. Nous nous sommes toujours bien entendues, et ça nous plaisait de vivre ensemble. Je travaille à la compagnie de pêche, comme directrice des finances. C'est un bon poste, vous voyez, avec un salaire plus que décent, et nous nous sentons… nous nous sentions bien ici. Siglufjördur est agréable quand on aime être près de la nature. C'est si paisible. Quand on s'y est habitué, difficile d'envisager de vivre à Reykjavík.

Elle se tut, ferma les paupières et les larmes se mirent à couler sur ses joues.

– Vous avez grandi ici ? Toutes les deux ?

– Oui, mes parents ont vécu toute leur vie dans cette maison. Ils nous ont malheureusement quittés, ils m'avaient eue assez tard. Svavar et moi avons longtemps habité ici. Il était venu à Siglufjördur pour travailler, il était capitaine d'un bateau, et puis… ensuite, il est tombé amoureux d'une femme à Reykjavík. Elle a déménagé aux États-Unis, et il l'a suivie.

Ari décelait dans sa voix une certaine amertume, sans doute les restes d'une colère passée dont elle avait eu du mal à se remettre, même si elle parlait sans difficulté apparente de son mariage et de son divorce. Mais le moment était venu d'aborder un sujet plus délicat.

– Unnur avait-elle… quelqu'un dans sa vie ?

– Vous voulez dire un petit ami ? Non, elle avait d'autres choses à faire. Et puis, elle me l'aurait dit. Tout ça, c'était pour… pour plus tard, balbutia Salvör, les yeux à nouveau humides. Elle voulait se concentrer sur ses études, aller à l'université. C'était une jeune fille incroyablement belle, elle aurait pu séduire qui elle voulait, mais ça pouvait attendre. Elle était très consciencieuse, si consciencieuse, sa réussite scolaire avait toujours la priorité.

Puis elle ajouta dans un murmure :

– D'une intelligence rare… Tellement intelligente…

– Et ses amis ?

– Elle n'en avait pas beaucoup. À ma connaissance, elle n'avait qu'une amie proche, Sara. Elle sortait peu, ce n'était pas son genre. Elle était très posée, très studieuse. Elle préférait rester à la maison avec moi.

– Pas de frères et sœurs ?

– Seulement du côté de son père, et ils habitent aux États-Unis.

– Est-ce qu'elle était en contact avec eux ?

– Pas vraiment, non. C'est si loin, Boston…

– Dites-moi, Salvör, est-ce qu'il lui arrivait de boire ?

– Ce n'était pas une sainte, si c'est ce que vous voulez dire, elle avait déjà goûté à l'alcool, mais elle en consommait de manière tout à fait raisonnable, un verre de temps en temps. Nous ne buvons pas beaucoup chez nous, et il n'y a jamais eu d'alcoolisme dans la famille, ni de mon côté ni de celui de Svavar.

– Vous m'excuserez de devoir vous poser la question, mais j'imagine qu'elle n'a jamais touché à la drogue ?

– Bien sûr que non.

– Je sais qu'il y a un peu de trafic, ici comme partout, et que certains adolescents ont déjà essayé. Vous êtes certaine qu'elle n'a pas pu avoir de mauvaises fréquentations ?

– Absolument, répondit Salvör. Je suis consciente que ce serait l'explication la plus simple pour tout le monde, Ari : que ma fille ait eu des ennuis et qu'elle se soit suicidée. Je n'en crois pas un mot, conclut-elle en étouffant un sanglot.

Ari n'avait pas évoqué Hávardur. Mieux valait attendre tant qu'il n'avait pas de preuve plus concrète d'un lien avec l'affaire, même si l'incident le laissait dubitatif. Tout comme cette conversation, d'ailleurs. Unnur Svavarsdóttir apparaissait comme une jeune fille modèle, une lycéenne appliquée, casanière et sans problème. Ari savait néanmoins d'expérience qu'il fallait se méfier des apparences, que le monde n'était jamais complètement noir ou blanc. Unnur devait bien dissimuler quelques secrets, une part d'ombre qu'elle gardait pour elle. La question était de savoir si ces secrets avaient pu mener au suicide – ou au meurtre.

– Quelle est votre théorie, Salvör ? se risqua-t-il ensuite.

Elle resta muette un instant, puis répondit :

– Je n'en ai pas la moindre idée. Je n'arrive pas à comprendre. Ça fait plus de vingt-quatre heures que je n'ai pas fermé l'œil, et je n'ai pensé qu'à ça. La seule option que je parvienne à envisager, c'est que quelqu'un l'a poussée, que quelqu'un a tué ma petite fille. Et je ne comprends pas pourquoi. Je crève de ne pas comprendre.

Ne sachant quoi répondre, Ari préféra se taire.

Des albums photos, certains ouverts, s'étalaient devant lui sur la table, avec des clichés d'Unnur, difficiles à discerner dans la pénombre. Ari ne se rappelait pas l'avoir croisée les quelques fois où il avait eu affaire à des adolescents en ville. C'étaient toujours les mêmes, et elle ne semblait pas fréquenter ce groupe.

– Est-ce qu'elle possédait un journal intime ? s'enquit-il.

Salvör sursauta, comme si, plongée dans son monde intérieur, elle avait oublié sa présence.

– Quoi ? Excusez-moi, j'étais perdue dans mes pensées. Vous disiez ?

– Unnur tenait-elle un journal ?

– Non, je ne crois pas. En fait, j'en suis même assez sûre. Elle me l'aurait dit. Elle avait une sorte d'agenda qu'elle n'utilisait que pour l'école, je crois. Elle y notait ses devoirs. Vous pouvez y jeter un coup d'œil, si vous le souhaitez.

– Je veux bien, merci.

Salvör se leva.

– C'est dans sa chambre, suivez-moi.

La pièce était plutôt grande, ordonnée, en dehors du lit défait. Des manuels scolaires étaient empilés sur le bureau, à côté d'un ordinateur portable. Une étagère murale accueillait des romans et des livres pour enfants. Sur la chaise de bureau, le sac de cours d'Unnur.

– Elle le gardait là-dedans, dit Salvör en l'ouvrant prudemment avant de tendre à Ari un agenda à la reliure abîmée.

– Merci. Pourrais-je aussi vous emprunter l'ordinateur ? Et peut-être son téléphone ?

– L'ordinateur ? Le téléphone ? balbutia Salvör avant de réfléchir un instant. Je… oui… mais je vais bien les récupérer ? Et l'agenda aussi ?

– Bien sûr. Je veux juste vérifier s'ils contiennent des informations qui pourraient nous aider à comprendre.

– Il vous faut autre chose ?

Il jeta un coup d'œil circulaire.

– Je ne crois pas. Pas pour le moment.

Tandis qu'il regagnait le couloir, il s'aperçut que Salvör ne bougeait pas de la chambre de sa fille.

– Je crois qu'il vaut mieux que j'y aille, je vous rappelle rapidement, dit-il.

– OK, fit-elle en levant les yeux, un sourire forcé sur les lèvres.

– Au fait, est-ce qu'il faut un mot de passe pour l'ordinateur ? Et son portable ?

– Un mot de passe ? Oui, c'est *Unnur4321*. Elle utilisait généralement le même code pour tout, à peu de chose près. Pour son portable, c'était juste *4321*.

– Elle vous l'avait confié ?

– Oui. Comme je vous l'ai dit, il n'y avait aucun secret entre nous. Absolument aucun.

17

Ari alla chercher son fils immédiatement après être revenu de chez Salvör. Kristín voulait profiter de l'occasion pour se rendre à Akureyri passer du temps avec ses amies.

Après avoir affronté le froid dans les différentes aires de jeux de la ville, ils rentrèrent à la maison rue Eyrargata et montèrent à l'étage, dans la vieille chambre de Stefnir où se trouvaient encore ses jouets, qui l'intéressaient cependant moins qu'autrefois. Allongés par terre, ils s'amusèrent ainsi un moment, jusqu'à ce que Stefnir demande à se coucher. Ari l'installa sur le grand lit, le prit dans ses bras et lui fit la lecture. Et ils s'endormirent tous les deux.

Revenant à lui après une longue sieste, Ari réveilla son fils et lui donna à manger. Comme le petit était encore fatigué, il le laissa ensuite se rendormir.

Il était vingt heures passées lorsque Kristín revint. Assis au piano, Ari essayait de se remémorer ce qu'Ugla lui avait appris avant la fin abrupte de leurs leçons quelques années auparavant. Il avait bien tenté de poursuivre son apprentissage en achetant divers manuels et partitions pour débutant, sans véritable résultat. Peu concentré sur son jeu, il ne pouvait s'empêcher de repenser à Ugla entre deux notes sur le piano désaccordé. Il avait tout fichu en l'air. Puis il avait anéanti sa relation avec Kristín, même s'il n'était pas le seul fautif. La tentation de recoller les morceaux avec elle était grande, mais n'était-ce pas plus par sens du devoir que par réel désir ?

– Il a été sage aujourd'hui ? demanda-t-elle en entrant dans le salon.

Un instant, Ari eut la sensation que tout était normal, comme avant. Il leva la tête, la regarda dans les yeux.

– C'était génial. Il dort. Je crois que l'air marin lui a fait du bien, dit-il, repensant soudain aux mots que Gudjón, l'artiste qui avait retrouvé le corps d'Unnur, avait employés pour justifier sa marche nocturne.

– Il n'y a pas qu'à Siglufjördur qu'on trouve de l'air frais, répliqua Kristín, une tension à peine perceptible dans la voix.

– Et ta journée, comment ça s'est passé ? Tes amies vont bien ?

Les amies en question travaillaient avec elle à l'hôpital d'Akureyri avant son déménagement.

– Elles n'ont pas changé, ni leur situation, d'après ce que j'ai pu constater. Elles travaillent toujours à l'hôpital, occupent les mêmes fonctions, suivent la même routine.

Ari n'aurait su dire si cette remarque était un signe de mépris, pour elle qui avait franchi un cap dans sa carrière, ou de jalousie, parce qu'elle regrettait d'être partie si loin. Comme d'habitude, il avait le plus grand mal à déchiffrer son expression, alors qu'il lisait d'ordinaire en les gens comme dans un livre ouvert.

– Tu as dîné ? demanda-t-il.

Il n'avait lui-même grignoté que quelques toasts.

– Oui, elles ont commandé une pizza avant que je reprenne la route.

Il avait eu la même idée : commander une pizza et passer la soirée avec Kristín.

– OK, je dois avouer que j'ai un peu faim, dit-il, espérant sans doute qu'elle lui proposerait de téléphoner à la pizzeria de la rue Adalgata, une de leurs préférées.

Elle regarda l'heure.

– Le restaurant de l'hôtel doit être encore ouvert, répondit-elle doucement.

Le message était clair. Il se leva.

– Tu as raison. Je n'ai pas vraiment l'habitude de vivre à l'hôtel. Quel est le plan pour demain ?

– Stefnir et moi, on se sent bien à la maison. Je n'ai rien prévu, à part me reposer. Tu n'as qu'à passer quand tu es libre. Vous pourriez peut-être aller skier ?

Pourquoi pas ? En commençant à trois ans, le petit garçon pourrait rapidement acquérir une bonne maîtrise du sport. À moins d'un changement imprévu, Ari ne quitterait pas Siglufjördur dans les années à venir.

– Oui, ils annoncent du beau temps, je peux sans doute trouver un moniteur à la station.

– Je te fais confiance, tu dois connaître tout le monde aujourd'hui, n'est-ce pas ? lança-t-elle d'un ton taquin. Je vais pouvoir passer un peu de temps toute seule pendant que vous allez vous amuser. Et je vous préparerai un chocolat chaud pour votre retour, qu'est-ce que tu en penses ?

Une fois encore, son comportement était ambigu. Ce genre de proposition lui rappelait le passé, lorsqu'ils constituaient encore une famille ; et pourtant, régulièrement, elle reprenait ses distances.

– C'est parfait, répondit-il avec enthousiasme.

Il rejoignit le vestibule. Enfilant son manteau, il se ravisa.

– Tu veux un verre de vin rouge ? Je peux ouvrir une bouteille, proposa-t-il en portant son regard vers l'arrière-cuisine à sa gauche. J'en ai toujours une ou deux de côté, je n'y touche jamais.

De fait, il ne buvait pas seul et ne recevait plus que rarement de la visite. Elle jeta un nouveau coup d'œil à sa montre.

– Je suis un peu fatiguée, Ari, je pense que je vais passer voir Stefnir, il m'a manqué aujourd'hui. Puis je vais aller me coucher moi aussi.

Ari n'avait rien à rétorquer à cela.

– Pas de problème, une prochaine fois. Je vais vérifier si le restaurant de l'hôtel est ouvert.

Soucieux de ses finances, il n'en fit rien. Son salaire d'inspecteur restait modeste, et le loyer qu'il percevait pour son appartement de Reykjavík lui permettait tout juste de rembourser l'emprunt. Il le conservait néanmoins ; le logement avait gagné en valeur depuis qu'il l'avait acheté et constituait une bonne épargne.

Il préféra s'arrêter à la pizzeria de la rue Adalgata sur le chemin du retour et prendre une pizza à emporter. La température était tombée, et il ne fut pas mécontent d'arriver dans la chaleur de sa chambre d'hôtel. Il avala rapidement son repas devant un documentaire islandais sur la chaîne publique, puis s'allongea sur son lit et se laissa emporter par ses rêveries. Le sommeil tardait cependant à venir. Il ne cessait de repenser à l'adolescente, et au message laissé par le vieillard sur le mur de la maison de retraite, sans oublier sa conversation avec Salvör.

Il se releva d'un bond et s'empara de l'ordinateur et de l'agenda d'Unnur. Sa chambre était pourvue d'un petit bureau à côté du téléviseur. Ari commença par s'y installer puis, pris d'une envie de voir du monde, il décida finalement de descendre au bar de l'hôtel. Les clients étaient nombreux, malgré l'heure tardive. Tous les sièges étaient occupés autour de la cheminée, et il dut se résoudre à s'asseoir dans un coin isolé. Il ouvrit délicatement l'ordinateur, et en entrant le mot de passe, il eut la sensation de violer l'intimité de la jeune fille. Il ne la connaissait pas et ne pouvait s'empêcher de se demander de quel droit il s'immisçait ainsi dans sa vie privée. Mais sa mère comptait sur lui, et s'il y avait le moindre risque que la mort d'Unnur ait été d'origine criminelle, il se devait de passer au crible tous les indices à sa disposition.

L'ordinateur contenait surtout des dissertations pour l'école, rien de vraiment personnel. Ari ouvrit la boîte de réception. Il survola les mails les plus récents. Les deux premiers, non lus car envoyés après sa mort, provenaient de son lycée, comme la plupart des autres messages qui défilaient sous ses yeux. Ceux qu'elle avait envoyés étaient courtois, écrits dans un islandais soigné. Elle paraissait appliquée et consciencieuse. Ari aperçut alors quelques mails échangés avec son père. En proie à un soudain remords, il se demanda s'il n'aurait pas dû attendre un peu et obtenir l'autorisation des deux parents avant de consulter les documents personnels de la jeune fille. Quoi qu'il en soit, leur ton était affectueux, et ils semblaient en contact régulier.

Il y avait ensuite d'autres messages, d'une certaine Sara. Une amie proche d'Unnur, d'après Salvör. Ari parcourut leurs échanges. Sara fréquentait le même lycée, c'était peut-être même une camarade de classe. Aucun secret évoqué, du moins rien d'explicite à la première lecture. Rien non plus sur un éventuel petit ami.

Le bar continua de se remplir au fil de la soirée. La plupart des clients devaient être des touristes, Ari ne reconnaissait presque aucun visage. Il était à vrai dire soulagé qu'on le laisse en paix. Il avait commandé un chocolat chaud qu'il savourait en silence.

Il fallait qu'il s'entretienne rapidement avec cette dénommée Sara, pour creuser l'affaire – s'il y avait par ailleurs quoi que ce soit à creuser.

Ari consulta le téléphone de l'adolescente : rien de plus. Des applications sans grand intérêt, des messages entre elle et ses parents ou la fameuse Sara. Rien qui suggère qu'elle envisageait de se suicider. Il demanderait tout de même à Ögmundur qu'il envoie l'appareil à Reykjavík pour le faire analyser plus en détail.

Il posa le téléphone, ouvrit l'agenda. Il avait encore moins envie de parcourir ces pages et commença à les feuilleter d'un geste lent. Toujours aucune surprise, si ce n'était ce fait étrange que la personnalité de la défunte ne transparaissait aucunement dans ses notes. Tout était parfaitement organisé : devoirs, examens, événements. Rien de personnel. Absolument rien. Presque comme si quelqu'un avait façonné ce carnet de A à Z pour qu'il ressemble à l'agenda type d'une lycéenne. Était-ce possible ?

Il avança dans le temps. Peu d'informations, tout juste quelques devoirs jusqu'à la fin de l'année. L'été, elle mentionnait un voyage à venir aux États-Unis, chez son père, pendant deux semaines. Rien après cela... si ce n'était...

À la mi-septembre, un mot, écrit en grosses lettres, suivi d'un point d'interrogation et d'un cœur, contrastait avec le reste :

Siglunes

Plus curieux encore, la jeune fille avait raturé l'inscription, comme si le projet de se rendre là-bas avait été annulé.

Ari n'y était jamais allé, mais il en avait entendu parler. Il s'agissait d'une péninsule tout au nord du fjord, sur la rive est, entre Siglufjördur et Hédinsfjördur. Il avait parfois envisagé de faire une randonnée dans les environs, mais la zone était particulièrement difficile d'accès – une longue marche entravée par des rochers tombés de la montagne. Le plus simple était sans doute d'y arriver par la mer. Si les lieux avaient longtemps été habités, ce n'était plus le cas. Ari avait juste eu vent d'un père et de son fils qui rénovaient une vieille maison là-bas, il n'en savait pas plus. Peu probable que Salvör et sa fille aient un quelconque lien avec eux. Qu'est-ce que l'adolescente pouvait bien avoir à faire sur ce bout de terre au milieu du mois de septembre ? Et pourquoi avoir renoncé à ce projet ?

Il fallait qu'il en parle à Salvör. Ou peut-être au révérend Eggert. Ce dernier savait toujours tout sur tout le monde.

Ari était en train de remonter dans sa chambre lorsque son portable sonna. C'était Ugla.

Pris d'une envie d'air frais, il fit un détour et sortit sur le balcon accessible depuis le couloir de l'hôtel. Il n'y avait personne. Il referma la porte derrière lui et décrocha. L'air était parfaitement immobile et glacial, un froid caractéristique de Siglufjördur dont Ari n'avait jamais fait l'expérience ailleurs et qui crissait comme la neige sous les pas. Vêtu d'un simple pull, il frissonna. Le seul moyen de tenir dans la ville la plus septentrionale du pays était d'accepter son sort et d'apprendre à aimer chaque saison. Apprendre à avoir hâte de retrouver les rudes soirées d'hiver, autant que les belles journées d'été, lorsque la nuit n'est plus qu'un lointain souvenir et que le soleil inonde la terre de chaleur et de lumière. Comprendre que le froid peut nourrir l'âme et le corps.

– Allô ? fit-il, laissant son regard se perdre dans les ténèbres qui recouvraient le fjord – les lumières de la ville lui donnaient des allures presque mystiques dans l'atmosphère glacée.

– Salut, excuse-moi de t'appeler aussi tard.

– Pas de problème. J'étais réveillé, je travaillais.

– Tu travaillais ? Sur notre affaire ? demanda-t-elle. Sur Hávardur ?

– Sur l'adolescente, en fait, répondit Ari, avant de se rendre compte que, pour Ugla, le message sur le mur et la chute mortelle constituaient une seule et unique affaire.

– OK. Je voulais juste te dire quelque chose, en toute confidentialité bien sûr, dit Ugla d'un ton presque craintif.

– Je t'écoute. Tout va bien ?

Silence.

– Oui, oui. J'ai parlé à Hersir tout à l'heure... Enfin, il m'a appelée, pour être plus précise. Il n'était pas content...

– Pas content ?

– Que je t'aie parlé.

Elle se tut un instant avant d'ajouter :

– En fait, il était même dans une fureur noire.

– Vraiment ?

– Oui, je... J'ai de la chance qu'il ne m'ait pas renvoyée. Il m'a dit que j'avais fait une grave erreur.

– Comment ça ?

– Il a dit que je n'avais pas à courir alerter la police pour ce genre de bêtises, que je devais respecter le secret médical, que ce que j'avais fait était très sérieux... Il disait qu'il devait pouvoir me faire confiance.

– Et j'imagine qu'il ne s'attend pas à ce que tu me racontes ça ?

– Non, sans doute pas. Je crois qu'il ne sait pas que nous sommes... hum, que nous sommes amis, Ari.

Ces derniers mots le laissèrent un peu perplexe. Ils ne s'étaient pas parlé depuis des années, et voilà qu'elle le qualifiait d'ami. La surprise passée, il dut bien admettre que cela lui faisait plaisir.

– Étrange réaction, dit-il. Je garde ça pour moi, ne t'inquiète pas. Et tu as pris la bonne décision, Ugla, tu n'as pas à avoir de doute. C'est tout à fait normal de contacter la police dans ce genre de situations.

– J'espère. Je crois que c'est juste qu'il se fait du souci pour son centre de soins. Les débuts ont été difficiles, et sa femme et lui ont tout misé sur ce projet.

Le rachat du bâtiment à la municipalité, les travaux… je n'ose pas imaginer combien ça a pu coûter. Je sais simplement que la condition pour qu'il soit viable est d'obtenir un contrat de prestation de services avec l'État.

– Ils ne l'ont pas ?

– Ça a été sans cesse repoussé. Tout ça, c'est politique. On n'arrêtait pas de lui promettre qu'un accord était dans les tuyaux, mais il ne pouvait pas tenir sans ces subventions.

– Et ça se passe mieux maintenant ?

– Oui, je crois. Il est beaucoup plus apaisé depuis quelque temps. La banque lui fiche la paix, et apparemment l'accord a été confirmé pour l'hiver prochain. Le pire est derrière lui. Je les aime bien, tous les deux, et ce travail me plaît. Mon avenir est là, je n'ai aucune envie de quitter Siglufjördur, sauf bien sûr le temps de mes études.

Ari demeura muet un instant, toujours intrigué par la réaction du médecin.

– Et toi ? demanda soudain Ugla.

– Moi ?

– Tu as envie de quitter Sigló ?

Cela faisait longtemps qu'on ne lui avait pas posé la question. Kristín et lui en avaient bien sûr abondamment discuté quand ils étaient encore ensemble, mais depuis qu'elle avait déménagé, cela ne la concernait plus vraiment. Tómas et lui avaient aussi beaucoup parlé de l'avenir avant que le vieil homme parte vivre dans la capitale. Avec le temps, leur amitié s'était développée et ils étaient presque devenus des confidents l'un pour l'autre, malgré leur différence d'âge.

Leurs échanges se faisaient malheureusement plus rares aujourd'hui.

– Pas dans l'immédiat, répondit Ari après un silence gêné.

Un lien puissant l'unissait désormais à Siglufjördur. D'une certaine manière, c'était comme si la petite ville refusait de le laisser partir. Jamais il n'aurait cru s'éterniser ici, mais à présent il aimait cet isolement, cette sérénité qui caractérisaient les lieux.

– Bon. Surtout, garde bien tout ce que je t'ai dit pour toi, réitéra Ugla.

– Aucun souci, répondit Ari, toutefois déterminé à aller rendre une nouvelle visite à Hersir.

– Je vais aller me coucher. Excuse-moi encore de t'avoir dérangé.

– Pas de problème.

– On se voit peut-être ce week-end, je ne bouge pas d'ici, je dois travailler moi aussi.

Ari se demanda si elle essayait de lui faire passer un message. Peut-être le signe qu'il était temps qu'ils se donnent une nouvelle chance ? Mais il ne voulait pas s'emballer.

– Oui, sûrement, dit-il avant de lui souhaiter bonne nuit.

Le vent du nord commençait à se lever. Le moment était venu d'aller se réfugier sous la couette et de laisser la nuit reprendre ses droits.

Samedi

18

Ce samedi matin, Ari fut réveillé par la sonnerie du téléphone. Il n'avait pas particulièrement l'intention de faire la grasse matinée, mais il ne put s'empêcher de lâcher un juron. Il regarda l'écran de l'appareil : *Salvör*. Il lui avait donné son numéro de portable en partant la veille. À l'instant, il le regrettait amèrement.

Il laissa le téléphone sonner, se leva et ouvrit les épais rideaux qui cachaient la fenêtre. Il était neuf heures passées. Dehors, la neige tombait en abondance, une neige qu'on ne trouvait qu'à Siglufjördur, rarissime dans le Sud, sauf peut-être dans ses souvenirs d'enfance, aussi peu fiables soient-ils. Dans sa mémoire, le samedi précédant Pâques avait à vrai dire quelque chose de lumineux. Le Vendredi saint était sacré à la maison, même si ses parents n'étaient pas spécialement croyants. De fait, la journée semblait interminable pour le petit garçon, et il percevait l'arrivée du samedi comme une véritable libération. Souvent, la famille s'autorisait à aller manger un hamburger quelque part plutôt que de cuisiner. Peut-être pourrait-il convaincre Kristín de venir avec Stefnir et lui au restaurant de la rue Adalgata ce soir.

Il attrapa le téléphone sur la table de chevet et rappela Salvör.

– Ari ? Bonjour, répondit celle-ci, je vous dérange ?

– Pas du tout.

– Le père d'Unnur est arrivé hier soir. Il aimerait vous parler, si c'est possible. Je suis consciente que c'est le week-end…

– Aucun problème.

– Merci, merci infiniment, soupira Salvör d'une voix fatiguée. Est-ce que… Est-ce qu'il y a du nouveau ?

– Rien, malheureusement.

Il résista à la tentation de lui dire que, même s'il avait encore des pistes à explorer, la situation n'évoluerait vraisemblablement pas, que rien ne viendrait expliquer le geste de sa fille, qu'on ne trouverait jamais de coupable.

– Je m'y attendais, reprit Salvör avec lenteur.

S'apprêtant à lui dire au revoir, Ari se ravisa soudain :

– Je peux vous poser une question ?

– Je vous en prie.

– Est-ce que le nom de Siglunes vous fait penser à quelque chose ?

– Siglunes ? lâcha Salvör, prise de court.

– Oui, vous savez…

– Je sais où c'est, oui, mais je n'y suis jamais allée. Ce n'est pas facile d'accès, et je ne suis pas une grande marcheuse. Pourquoi… pourquoi cette question ?

Ari hésita. Devait-il s'expliquer et courir le risque d'éveiller un espoir de réponse aux terribles interrogations qui assaillaient la pauvre femme ?

– Votre fille avait écrit ce mot dans son agenda, répondit-il finalement, regrettant de ne pas être face à Salvör pour être témoin de sa réaction.

– Comment ça ? Qu'est-ce que ça veut dire ?

– Je l'ignore, mais ça m'a sauté aux yeux. Ça semblait en décalage avec le reste, elle notait plutôt des choses en rapport avec le lycée.

– Je ne comprends pas. Elle n'est jamais allée à Siglunes, pas..., fit-elle avant de terminer sa phrase dans un murmure : Pas que je sache.

– Vous connaissez quelqu'un là-bas ?

Salvör resta muette un instant, puis répondit :

– Si on veut. Cet homme et son fils... Ce sont des cousins éloignés de ma famille. Je ne les connais pas personnellement.

– Unnur non plus ?

– Ça m'étonnerait, dit-elle.

Ari décela pourtant comme une incertitude dans sa voix. Cette mort brutale devait avoir fait naître en elle tout un tas de doutes au sujet de sa fille – un secret qu'elle lui aurait caché et qui expliquerait son geste.

– Ça n'a peut-être aucune importance, conclut Ari. Ne nous attardons pas là-dessus.

Il pensait évidemment tout le contraire, et restait déterminé à comprendre le mystère de ce simple mot griffonné dans l'agenda de l'adolescente.

– S'il vous vient une idée...

– Non, vraiment pas, dit Salvör après un bref silence. Elle ne m'a jamais parlé d'aller là-bas, ne m'a jamais parlé de Siglunes de manière générale. C'était dans son agenda, vous disiez ?

– Oui.

– À quelle date ?

– Septembre, je ne me rappelle plus le jour précis.

– Elle est… Elle était… si organisée. Je pense que si elle écrivait quelque chose dans son agenda, elle comptait s'y tenir. Mais…

– … aller à Siglunes au mois de septembre ? Pour une randonnée, peut-être ? Un week-end de camping ?

– Non, ce n'était pas vraiment son truc.

À sa voix brisée et faible, Ari comprenait, sans surprise, combien il lui était difficile de parler de tout cela. Il décida de changer de sujet.

– Concernant le père d'Unnur, où puis-je le voir ?

– Il loge à l'hôtel.

– Très bien, il se trouve que j'y suis aussi en ce moment. Une longue histoire. Si vous me laissez son numéro de téléphone, je pourrai m'organiser avec lui.

19

En s'asseyant face à Svavar, le père d'Unnur, à la table du petit déjeuner dans le restaurant de l'hôtel, Ari fut avant tout frappé par son attitude, en tout point opposée à celle de son ex-femme. De manière tout à fait compréhensible, la mère, Salvör, était en état de choc permanent depuis qu'Ari avait fait sa connaissance dans ces circonstances effroyables. Svavar gardait au contraire son deuil à l'intérieur.

Son assiette était remplie à ras bord, comme s'il avait voyagé l'estomac vide depuis les États-Unis et, voulant se rattraper, avait décidé de goûter à tout ce que le buffet de l'hôtel proposait. Après s'être présenté, Ari lui fit part de ses condoléances. Svavar s'attaqua à son repas et attendit ce qui parut une éternité avant de s'adresser enfin à lui. Levant les yeux de son assiette, il but une gorgée de café puis lança avec arrogance :

– C'est donc vous l'homme qui va essayer de découvrir ce qui est arrivé à ma fille ?

– Je…

Svavar ne lui laissa pas le temps d'aller plus loin.

– Vous n'êtes pas un peu jeune pour avoir la responsabilité d'une enquête pareille ? l'interrompit-il, l'observant d'un air sévère, les sourcils froncés.

Ari ne se laissa pas déstabiliser. Le pauvre homme devait être en proie à un chagrin terrible, même s'il ne le montrait pas.

– Je suis inspecteur de police, répondit-il, placide. J'ai été le premier informé du décès de votre fille. Je suis malheureusement assez pessimiste quant à l'issue de cette enquête. Il est important que vous n'ayez pas trop d'attentes, vous comprenez ?

– Absolument pas, répliqua Svavar. Il s'est passé quelque chose de louche ici. Mon Unnur ne se serait jamais jetée du haut d'un immeuble. C'est complètement tiré par les cheveux. Quelqu'un est responsable. Si vous ne vous sentez pas capable de découvrir qui, vous n'êtes pas fait pour ce boulot. Et nous devrons chercher des réponses ailleurs.

Ari demeura impassible.

– Encore une fois, je suis vraiment navré de ce qui est arrivé à votre fille. Avez-vous des raisons de croire qu'on ait pu lui vouloir du mal ?

– Je sais simplement qu'elle ne se serait jamais suicidée. Elle était forte, elle pouvait tout affronter, comme moi, répondit Svavar, l'air grave.

– Vous pensez que quelqu'un aurait pu... ?

– Je ne sais rien de tout ça, je ne sais pas qui elle fréquentait, c'est à vous de le découvrir.

– À quel point connaissiez-vous la vie de votre fille, si vous me permettez cette question ?

Soudain moins assuré, Svavar sembla réfléchir. Son expression se fit plus acerbe, comme s'il avait envie de rétorquer : *Comment osez-vous ?* Il répondit, pesant chaque mot :

– Autant que possible, sachant que mon ex-femme a tout fait pour nous éloigner l'un de l'autre.

– Le divorce a été difficile ?

– Je préfère m'abstenir de tout commentaire. Ça s'est mal terminé entre nous, et depuis, la situation ne s'est vraiment pas arrangée. Je suis venu ici pour Unnur. Salvör ne me concerne plus.

– Vous habitez à Boston, d'après ce que j'ai compris ?

– En effet, fit Svavar d'un ton expéditif.

– Qu'est-ce que vous faites, là-bas ?

– Je... je n'ai pas d'emploi pour le moment. Ma femme est médecin, on s'en sort plutôt bien. Je n'ai pas de permis de travail, je n'en ai pas encore fait la demande.

– Vous étiez marin, auparavant ?

– J'ai l'impression que vous connaissez déjà les réponses à toutes vos questions.

Ari garda le silence.

– J'ai été capitaine pendant de nombreuses années, oui, reprit finalement Svavar. C'est épuisant, du moins sur le long terme. J'étais toujours loin de chez moi. Pas la meilleure situation pour une vie de famille.

– Siglunes, ça vous dit quelque chose ?

– Siglunes ? Je n'y suis jamais allé. On partait de là-bas pour aller pêcher le requin, dans le temps. Ce que je n'ai jamais fait. Pourquoi cette question ?

– Unnur a mentionné ce lieu dans son journal.

– Elle tenait un journal ? s'étonna son père.

– En fait, il s'agit plutôt d'un agenda scolaire, c'est pourquoi cette mention de Siglunes m'a interpellé.

Pour le moment, Ari préféra s'abstenir de préciser que l'adolescente avait dessiné un cœur à côté. Svavar se pencha sur la table, plissa les yeux et, retrouvant son autorité, dit :

– C'est à vous de le découvrir, Ari. Je crois que quelqu'un a assassiné ma fille, et c'est votre responsabilité de trouver le coupable.

Ari ne savait pas vraiment comment réagir à cette injonction, mais avant même qu'il ait eu le temps de réfléchir à sa réponse, Svavar ajouta :

– Je resterai ici jusqu'à ce que cette affaire soit résolue. Je ne tolérerai pas le moindre amateurisme.

L'homme était visiblement très sérieux. Aucun travail ne l'attendait aux États-Unis par ailleurs, il pouvait donc passer autant de temps qu'il le souhaitait en Islande.

Ari se leva et le remercia pour sa collaboration. Il décida de demander à Ögmundur de s'assurer, par sécurité, qu'il venait bel et bien d'arriver, et qu'il était absolument impossible qu'il se soit trouvé à Siglufjördur au moment du décès de sa fille.

Mais une idée venait de lui traverser la tête. *Je préfère m'abstenir de tout commentaire*, avait répondu Svavar quand la conversation avait dévié vers Salvör. Un divorce difficile. Y avait-il quelque chose d'anormal dans le comportement de son ex-femme qu'il n'avait pas voulu nommer ? Y avait-il la moindre possibilité qu'elle ait quelque chose à cacher, quelque chose qui pourrait être en rapport avec la mort de sa fille ?

Ari avait du mal à l'imaginer, mais une fois la graine du doute plantée, difficile de s'en débarrasser.

20

– Ari ! Que me vaut le plaisir ?

Comme d'habitude, le révérend Eggert semblait d'humeur légère. Un homme affable, qui remplissait un peu le vide laissé par Tómas depuis son départ. Quelqu'un vers qui Ari pouvait se tourner en toutes circonstances, un panseur de l'âme à bien des égards.

Leur collaboration avait été plutôt fructueuse lorsque Ari avait dû enquêter sur une vieille affaire de Hédinsfjördur quelques années auparavant, et à présent il avait de nouveau besoin de lui, pour une tragédie bien plus actuelle et tangible.

Assis dans sa chambre d'hôtel, il lui parlait au téléphone.

– Je suis désolé de vous déranger, vous êtes probablement en pleins préparatifs de la messe de Pâques…

– C'est prêt depuis longtemps, répondit le révérend. Je n'aime pas attendre la dernière minute. J'ai entendu dire que vous viviez à l'hôtel ?

Comme toujours, les nouvelles circulaient à la vitesse de l'éclair.

– Kristín et mon fils sont là pour le week-end, je leur ai laissé la maison. Je crois que la situation aurait été un peu gênante si j'y étais resté.

– Vos petits soucis vont s'arranger. Vous allez réussir à traverser cette période difficile, non ?

Ari avait envie de le conforter dans son optimisme, principalement, sans doute, pour ne pas lui causer de déception.

– Nous n'en avons pas vraiment parlé, répondit-il. Mais on peut toujours s'autoriser à espérer, évidemment.

– Ne serait-ce que pour votre fils. Quel âge a-t-il, déjà ?

– Trois ans.

– Ah oui, c'est ça. Je suis certain que vous ferez de votre mieux.

– J'avais à vrai dire une question à vous poser...

– Je vous écoute, Ari.

– Cette jeune fille qui est décédée... Je voulais savoir si vous lui connaissiez un lien quelconque avec Siglunes. Ça vous dit quelque chose ? J'imagine que l'histoire du lieu n'a pas de secrets pour vous.

– L'histoire de Siglunes ? Mon cher Ari, j'ai écrit des pages et des pages sur cette belle péninsule !

Il marqua une pause, comme pour mieux y réfléchir, avant de reprendre :

– Que pensez-vous de m'y accompagner ? Nous irons par la mer.

L'été précédent, le révérend Eggert avait acheté avec quelques amis un petit bateau à moteur. On les voyait régulièrement naviguer à travers le fjord à bord de leur embarcation.

– Euh… oui, sans problème. Mais n'est-ce pas difficile en cette saison ?

– Il fait un temps splendide aujourd'hui. Pas le moindre vent. La mer est calme. Je ne vois aucun obstacle, si vous êtes partant. Prenez un bon manteau, ça fera l'affaire contre le froid.

Ari avait promis à Kristín de la retrouver durant la matinée, mais difficile de laisser passer cette occasion.

– Ça va prendre combien de temps ?

– Oh, c'est tout près d'ici. Il y en a pour dix minutes, un quart d'heure pour rejoindre la péninsule, ensuite c'est à vous de voir combien de temps vous voulez rester. Les gars qui se sont installés là-bas sont d'excellente compagnie.

– Ce n'est peut-être pas nécessaire, après tout…

Le lieu pouvait présenter un intérêt certain, mais il ne voulait pas perdre un temps précieux de son congé, déjà trop court. Par ailleurs, les chances que la mort de la jeune fille soit liée à Siglunes étaient plutôt ténues.

– Ne dites pas de bêtises, Ari. Je serais ravi d'être mis à contribution ! Vous pouvez être prêt d'ici une demi-heure ? Ça me fait toujours plaisir de sortir le bateau.

Finalement, qu'avait-il à perdre ?

– Une demi-heure ? Oui, ça peut se faire. Je vous retrouve sur le port.

– Habillé chaudement, n'oubliez pas.

– Sans faute.

Ari profita de ce bref laps de temps pour faire un saut chez lui et enfiler un pull plus épais. Stefnir et Kristín étaient déjà debout. Expliquant l'objet de sa sortie, il s'excusa de ne pouvoir retrouver son fils qu'une bonne heure plus tard, ce qui ne sembla pas perturber Kristín outre mesure. Peut-être était-ce encore un signe qu'il n'y avait plus aucun espoir pour leur relation, et qu'elle était désormais tout simplement indifférente à ces changements de dernière minute. Indifférente au fait que, une fois de plus, Ari donnait la priorité à son travail.

Le révérend Eggert l'attendait sur le quai du vieux port.

– Ari, quel plaisir ! Figurez-vous que je cherchais justement un prétexte pour une sortie en bateau. Je n'en aurais probablement rien fait. On attend, on tergiverse, et finalement on reste prisonnier de sa routine. Votre appel était comme un don du Ciel. Voilà la bête.

Il tendit le doigt vers un imposant canot pneumatique équipé d'un moteur hors-bord. Ari n'avait jamais appris à naviguer, pourtant l'envie avait toujours été là. Il était fasciné et attiré par l'océan, c'était sans doute dans ses gènes. Plusieurs membres de sa famille maternelle avaient été marins, et il n'avait pas besoin de remonter très loin pour en retrouver. Peut-être même l'un d'eux avait-il pêché le requin au large de Siglunes.

– Installez-vous et enfilez ça, ordonna Eggert en lui tendant un gilet de sauvetage orange. Nous n'avons pas le droit d'accueillir de passagers sans respecter un certain nombre de règles. Et croyez-moi, cela ferait jaser si le serviteur de Dieu désobéissait ! ajouta-t-il avec un sourire malicieux.

Le pasteur démarra et entreprit de remonter le fjord. Le froid se faisait de plus en plus mordant à mesure qu'il accélérait, et la mer, d'abord étale, commençait à s'agiter tandis qu'ils s'éloignaient des côtes.

Le révérend Eggert profita du voyage pour raconter quelques anecdotes sur la région, mais les détails se perdaient dans le boucan du moteur et des vagues. Ari n'écoutait que d'une oreille, admirant le fjord et les contours des habitations qui se dessinaient sur la langue de terre. Il aimait ce lieu. Dans ces moments-là, il se sentait véritablement chez lui à Siglufjördur, enfin considéré par les habitants comme l'un des leurs ; depuis qu'il était passé inspecteur, on avait cessé de voir en lui un étranger. Peut-être lui accordait-on cet honneur en raison de son séjour prolongé dans le Nord ? Ou bien sa décision de briguer ce poste à responsabilités avait été vue comme un engagement, comme le signe qu'il comptait rester ici encore longtemps.

Lorsque Eggert marqua une pause dans son récit, Ari saisit l'occasion pour se poster à l'avant du bateau. Le visage fouetté par le vent, il porta son regard vers Siglunes où l'on discernait peu à peu quelques maisons.

– Il n'y a pas de port sur la péninsule, comme vous pouvez l'imaginer, précisa le pasteur. Il faut donc que les conditions soient suffisamment bonnes pour qu'on puisse accoster. Pas d'inquiétude en ce qui nous concerne.

– C'est dangereux en temps normal ? demanda Ari.

– Assez, oui. J'ai entendu maintes histoires de naufrages dans le coin. Comme celle des six hommes qui avaient péri en mer. L'un d'entre eux était trop grand pour son cercueil, on avait dû lui couper les pieds pour qu'il y rentre. Je vous laisse imaginer les légendes qui ont suivi dans la cabane de pêcheurs où ça avait eu lieu. On racontait qu'on avait vu son fantôme ramper à l'intérieur, sans pieds...

Secoué d'un frisson, Ari préféra changer de sujet :

– Vous êtes sûr que cet homme et son fils sont là en ce moment ? demanda-t-il en se rapprochant du pasteur.

– Certain. J'aperçois leur bateau, et je les vois mal se lancer dans une randonnée en cette saison, sauf urgence absolue.

Ari contempla de nouveau les maisons sur la péninsule. Sans parler de village, on pouvait tout de même qualifier cette poignée de vieilles bâtisses de hameau, fait étonnant dans un environnement aussi hostile. *Personne ne pourrait vivre ici*, songea-t-il, *si ce n'est par étrange nécessité ou désir d'aventure extrême.*

– On va essayer d'accoster sur la plage, dit Eggert. Ça ne devrait pas poser de problèmes, vu le temps.

Le révérend cachait bien son jeu : il était beaucoup plus doué pour manœuvrer qu'Ari ne se l'était imaginé. Ils touchèrent terre sans encombre et se hissèrent hors de l'embarcation. Ils n'eurent pas besoin de se lancer à la recherche des habitants de la péninsule : sitôt débarqués, ils furent accueillis par deux hommes.

– Bonjour ! s'exclama le pasteur sans prendre la peine de se présenter.

Robuste, dégarni, la soixantaine bien tassée, le plus âgé des deux inconnus adressa un signe de tête au révérend et tendit la main à Ari. Vêtu d'une chemise rouge à carreaux, il avait le cheveu hirsute et ne s'était vraisemblablement pas rasé depuis plusieurs jours.

– Bonjour, dit-il d'un ton amical. Je m'appelle Thorleifur.

Le plus jeune salua les nouveaux venus à son tour.

– Thorleifur.

– C'est mon fils, précisa l'autre en regardant Ari. Thorleifur et Thorleifur, père et fils.

– Ari, je suis inspecteur de police.

– Nous savons qui vous êtes, répliqua le père. C'est la première fois que vous visitez cette partie de votre circonscription, n'est-ce pas ?

Ari hocha la tête, même s'il n'était pas vraiment sûr d'avoir autorité à Siglunes.

– Pas étonnant, on ne peut pas dire qu'il y ait beaucoup de crimes dans le coin. D'aussi loin que je me souvienne, il ne s'est jamais rien passé de très intéressant ici.

En d'autres circonstances, ces propos auraient pu passer pour une critique des lieux, mais dans la bouche de Thorleifur, à cet instant, sur la paisible plage de Siglunes, cela ne pouvait être qu'une louange. Ici, la monotonie était une vertu. Ari se sentit envahi par une certaine quiétude – peut-être l'effet du silence, de cette proximité avec la nature.

– Bienvenue chez nous, poursuivit le père.

Il pointa du doigt une maison à quelques pas. Elle s'élevait sur deux étages surmontés de combles. Gris pierre, elle n'avait pas encore été peinte et semblait dans un état proche de la décrépitude, à l'exception des grandes baies vitrées qui donnaient sur la mer, deux par étage, flambant neuves.

– Entrez, je vous en prie. Mon fils revient de la ville, on a donc plus ou moins de quoi vous accueillir dignement. En tout cas, il y a du café.

Les travaux étaient plus avancés à l'intérieur.

– Nous allons nous occuper de la façade cet été, c'est du moins ce qui est prévu, poursuivit Thorleifur père. Nous avons profité de l'hiver pour tout rénover à l'intérieur. Il y a bien longtemps que personne n'a séjourné ici durant les mauvais jours, mais on survit !

– Installez-vous, dit Thorleifur fils. Je vais préparer le café.

– Je veux bien du lait, si vous en avez, demanda le pasteur.

– Vous avez du thé ?

Le jeune homme regarda Ari comme s'il n'avait pas compris la question, aussi celui-ci s'empressa-t-il d'ajouter :

– Du café noir, ce sera très bien.

Il avait appris à faire avec, même s'il préférait de loin le thé.

– Qu'est-ce qui vous amène ici, à part ça ? fit Thorleifur père en s'installant à l'antique table en bois du salon, dont les chaises et tabourets étaient dépareillés.

Préférant attendre le retour du fils avant d'attaquer le vif du sujet, Ari demanda :

– Permettez-moi de vous retourner la question : qu'est-ce qui vous a attirés ici ?

L'homme hocha la tête.

– Nous avons emménagé l'été dernier. La maison appartient à la famille depuis longtemps, mais personne ne l'a habitée pendant une éternité, et elle commençait à se dégrader. Nous avons toujours eu une certaine tendresse pour cette bâtisse. Elle a connu toute l'histoire de notre famille. Mon fils et moi avons souvent parlé de prendre le temps de la retaper, nous projetions de faire ça sur plusieurs années, à raison de quelques week-ends chaque été, vous voyez, au jour le jour… Et puis les circonstances ont brutalement changé, alors nous avons pris les choses à bras-le-corps. Je ne dis pas que nous allons vivre ici pour le restant de nos jours, mais peut-être au moins jusqu'à l'automne. Nous devrions avoir terminé le travail d'ici là. Peut-être même qu'on pourrait accueillir des touristes sur la péninsule. Ça a l'air de plutôt bien marcher en ville, avec ce grand hôtel et tous ces restaurants qui poussent comme des champignons.

– J'imagine qu'il y aurait de quoi faire une belle petite auberge, oui, ou peut-être une résidence d'artistes, suggéra le pasteur.

– Pourquoi pas ?

Ari les interrompit :

– Vous disiez que les circonstances avaient changé… Que s'est-il passé ?

Thorleifur garda un instant le silence. Son fils était toujours dans la cuisine.

– Ce n'est pas un secret, la plupart des gens sont au courant. Mon épouse est décédée l'année dernière, de manière soudaine.

– Toutes mes condoléances.

– Merci. Mon fils a aussi eu quelques ennuis. Il a fait de la prison…

L'intéressé arrivait au même moment avec deux tasses de café qu'il servit aux convives.

– Une injustice totale, dit-il.

Et Thorleifur fils prit le relais du récit, d'une voix teintée de mélancolie, mais non sans une pointe d'ironie. Comme s'il avait tenu ce discours assez souvent.

– Je travaillais dans une banque, les années précédant la crise. J'étais un employé lambda, mais j'ai été mêlé à l'une des enquêtes qui visaient à trouver les responsables du krach et j'ai dû purger quelques mois de prison. C'était trop pour ma femme, qui m'a quitté.

– Au printemps dernier, mon fils et moi nous sommes retrouvés seuls, l'un et l'autre. J'étais maître d'œuvre, mais je travaillais beaucoup moins depuis quelque temps... Nous avions pas mal d'argent de côté et il n'y avait plus rien pour nous empêcher de réaliser ce rêve. Nous avons fait ce que nous pouvions de la conjoncture, voyez-vous.

Ari hocha la tête. Le père poursuivit :

– Mais assez de nos ennuis. Ce n'est pas une visite de courtoisie, j'imagine ?

– Rien qui doive directement vous inquiéter, répondit Ari. Eggert a proposé de m'emmener ici car le nom de Siglunes a été évoqué dans le cadre d'une enquête en cours. Mais, à vrai dire, j'avais toujours eu envie de découvrir les lieux. C'est si près de Siglufjördur, et en même temps, ça paraît si loin.

– Et... quel rapport entre cette enquête et Siglunes ? demanda le fils.

Ari crut déceler un tremblement dans sa voix. Avait-il quelque chose à cacher ? Ou bien était-ce le traumatisme de son expérience avec la justice ?

– Cela concerne la jeune fille retrouvée morte jeudi matin.

– Ah ? fit le père, lançant un regard surpris à Ari. Nous ne la connaissions pas du tout.

– Il me semblait que vous étiez parents ?

– Si on veut, sur le papier. On peut sûrement trouver des liens de parenté entre tous les habitants de Siglufjördur à un niveau ou à un autre. Mais nous n'avons jamais eu de contact avec elle.

– Et avec sa mère ?

Thorleifur père secoua la tête en regardant son fils.

– Jamais, asséna-t-il.

– Est-ce qu'il est possible qu'elle soit venue cet hiver, ou bien qu'elle ait eu l'intention de visiter les lieux en été ou à l'automne ?

Les deux hommes échangèrent un regard, puis le père répondit :

– Nous avons passé l'hiver ici, nous étions toujours à la maison, ou au moins l'un d'entre nous. On n'a pas beaucoup bougé, difficile de trouver une route praticable au plus fort de l'hiver. Je nous vois mal escalader la montagne ou ramper dans la neige, et on ne prend pas non plus la mer par n'importe quel temps. Ça vaut aussi pour les visiteurs qui voudraient s'aventurer ici. Évidemment, impossible de vous dire si cette pauvre gamine ou un membre de sa famille avait projeté de venir. Personne ne nous en a informés, en tout cas. Mais nous ne possédons qu'un bout de terrain et notre maison, les gens sont libres d'aller ailleurs sur la péninsule.

Puis il ajouta :

– Bien sûr, il y a toujours des visiteurs qui débarquent à l'improviste.

Ari comprit que la remarque, passablement acerbe, leur était destinée, à lui ainsi qu'au révérend Eggert.

– Les touristes sont nombreux dans le coin ? demanda le pasteur.

– L'été, oui, assez. Ils font du camping quand la météo le permet. Le chemin de randonnée depuis Siglufjördur est assez populaire, et pas si difficile pendant la belle saison. À vrai dire, mon fils et moi avons vraiment hâte d'être en été. Ça fera du bien d'avoir de la vie autour de nous, de voir des gens, et avec un peu de chance la maison sera plus présentable.

– Comment est la route à l'automne ?

L'homme sembla surpris par la question.

– Ça va, en général. Comme je l'ai dit, le chemin de randonnée est tout à fait praticable, parfois même jusqu'au début de l'hiver. Ça dépend de la météo, bien entendu.

– Il se passe quelque chose chez vous en septembre ?

– En septembre ? Comment ça ?

– Un événement quelconque ?

Un sourire aux lèvres, Thorleifur haussa les épaules.

– Je ne suis pas sûr de vous comprendre. En tout cas, nous n'avons rien organisé de notre côté. Nous avons assez de pain sur la planche comme ça.

– Bien, intervint le pasteur, s'apprêtant à se lever. Nous n'allons pas déranger plus longtemps, Ari.

– Peut-être juste une dernière chose, insista celui-ci, reprenant une gorgée de café.

Il ne voyait pas de raison de se précipiter. Les visites n'étaient pas fréquentes sur la péninsule, les deux hommes devaient apprécier le changement. D'un autre côté, il avait promis à Kristín de ne pas s'éterniser.

C'est au fils qu'il adressa sa question :

– Vous revenez de la ville, n'est-ce pas ? Vous étiez à Siglufjördur, j'imagine ?

– C'est exact, dit l'intéressé, l'air de se demander où Ari voulait en venir.

– Pendant combien de temps ?

– De temps ?

Ari le fixa du regard sans répondre. La question avait été suffisamment claire.

– Je… oui, je suis parti mercredi et je suis revenu hier. Je logeais chez un ami. J'avais besoin de faire quelques courses, et puis ça fait du bien de changer d'environnement de temps en temps, de rencontrer des gens, vous voyez, de boire une bière ou deux…

Il parlait rapidement, d'un ton peu assuré.

– Pourquoi ? ajouta-t-il.

– Il se trouve que la victime, Unnur, est morte il y a deux jours, dans la nuit de mercredi à jeudi. Vous étiez donc à Siglufjördur à ce moment-là ?

Les deux Thorleifur semblaient abasourdis. Ari n'était pas venu ici pour se faire des ennemis. Mais il n'était pas venu se faire des amis non plus.

Le fils se leva d'un bond, ignorant son père qui essayait discrètement de le calmer.

– Pour qui vous vous prenez ? siffla-t-il. Vous avez l'insolence de débarquer chez nous et de m'accuser de… de…

– De meurtre ? compléta Ari. Je n'ai rien dit de tel.

Le jeune homme perdit toute contenance.

– Non, ce n'est pas ce que je voulais dire, mais… Je ne comprends pas pourquoi vous avez décidé de venir si…

Ari se leva à son tour.

– Merci beaucoup pour votre accueil, conclut-il tandis que le révérend Eggert l'imitait. Et merci pour le café ! Désolé, nous n'avons pas eu le temps de le terminer, mais la journée s'annonce chargée.

Thorleifur père hocha la tête, se leva lui aussi et serra la main de ses invités.

– Un plaisir. Vous pourrez revenir dans de meilleures circonstances. Siglunes est magnifique en été, comme vous pouvez l'imaginer.

Il arborait un air décontracté, mais Ari perçut l'inquiétude qui se dessinait sur son visage.

21

Une fois rentré de Siglunes, Ari avait passé la journée sur les pistes avec Stefnir, comme Kristín le leur avait suggéré, pendant que celle-ci se reposait à la maison.

La séance de ski avait été une véritable aventure. Le petit garçon s'était amusé comme un fou sous la surveillance de son père, qui avait même pris un cours avec lui. Leur monitrice, une jeune fille de Siglufjördur, s'était montrée particulièrement patiente avec ces deux grands débutants.

La montagne était de toute beauté sous le soleil, et ni la neige ni le vent n'étaient venus entamer leur plaisir. La météo avait été bonne toute la journée, du moins jusque-là. Après le voyage en mer de la matinée et une après-midi non moins mouvementée, Ari avait hâte de pouvoir se détendre. Il avait finalement donné rendez-vous à Kristín au bar de l'hôtel pour un chocolat chaud.

Ils revenaient de la station de ski en voiture lorsque Ögmundur téléphona. Ari contempla le fjord qui scintillait en contrebas. Il inspira profondément, savoura encore une seconde son sentiment de sérénité avant de décrocher. Son adjoint n'appelait qu'en cas d'absolue nécessité.

– Ari, j'ai une jeune fille ici qui veut te parler, dit celui-ci sans préambule.

– Une jeune fille ?

– Elle s'appelle Jenný, c'est tout ce que je sais.

– Je suis occupé. Ça peut attendre un peu ? Prends sa déposition, ordonna Ari, une pointe de frustration dans la voix.

– Elle ne veut parler qu'à toi. Et je n'ai pas vraiment suivi le dossier Unnur.

Ari soupira.

– Elle t'a dit que c'était au sujet de cette affaire-là ?

– Évidemment. On n'a rien d'autre en cours, non ? répondit Ögmundur, probablement sans se rendre compte de l'insolence dont il faisait preuve.

– Tu ne peux pas t'en charger ? Je suis en voiture avec mon fils…

– C'est à toi qu'elle veut parler. Son père te connaît, et c'est un dossier sensible. Je n'en sais pas plus, répéta-t-il.

La dénommée Jenný était assise, tête baissée, sur un fauteuil devant son bureau. Ari avait déposé Stefnir chez lui entre-temps. Habituellement, seuls les agents de police étaient autorisés à passer la zone d'accueil. Ögmundur avait visiblement fait une entorse au règlement. Ce n'était pas la première fois, mais en voyant la pauvre jeune fille, Ari songea qu'il aurait probablement fait de même.

– Jenný ? l'interpella-t-il avec douceur.

Sursautant, elle leva la tête, les yeux gonflés de larmes.

– Et si on allait dans mon bureau ?

Elle lui emboîta le pas.

– Il paraît que je connais votre père, dit-il pour briser la glace lorsqu'ils se furent assis.

– Il travaille à la bibliothèque, vous avez dû le croiser de temps en temps. Il s'appelle Bolli.

Ari hocha la tête. Le prénom lui disait quelque chose.

– Il parle toujours de vous en bien, donc je préférais m'adresser... directement à vous, si vous n'y voyez pas d'inconvénient.

– Bien sûr.

Il laissa passer un temps pour donner une chance à la jeune fille de prendre la parole. Comme elle gardait le silence, il reprit :

– C'est au sujet d'Unnur ? Vous la connaissiez ?

Elle acquiesça.

– Nous étions copines, en quelque sorte...

– Comment ça ?

– Unnur n'était pas très sociable. Pas du genre à avoir plein d'amis. Mais on s'entendait plutôt bien, on était dans la même classe, oui... On s'entendait bien...

– N'avait-elle pas aussi une amie nommée Sara ? demanda Ari en repensant aux mails de la jeune fille.

– Sara, oui, c'était sans doute sa meilleure amie, mais bon... Elles n'étaient finalement pas si proches. La mère de Sara connaissait celle d'Unnur, donc elles étaient bien obligées d'être copines, elles s'entraidaient à l'école et tout, mais...

– Quel genre de fille c'était ? Vous pourriez me la décrire ?

– Qu'est-ce que vous voulez dire ? fit Jenný avant de baisser de nouveau la tête et de poursuivre en marmonnant. C'était une fille tranquille, vous voyez, elle ne s'attirait jamais d'ennuis. Beaucoup trop tranquille en fait, beaucoup trop *naïve*...

L'adjectif attira l'attention d'Ari. Il choisit toutefois de rester patient, ne voulant pas mettre la pression à son interlocutrice, déjà suffisamment bouleversée.

– Je... je suis descendue rue Adalgata tout à l'heure..., balbutia-t-elle après une longue pause. Je suis allée là-bas, vous voyez... Là où elle est tombée... J'étais devant l'immeuble quand j'ai vu... j'ai vu...

Elle se leva d'un bond et, malgré un effort apparent pour se retenir de pleurer, elle éclata en sanglots.

– Elle n'aurait pas dû mourir, dit-elle finalement dans un souffle.

– Qu'est-ce que vous avez vu ? demanda Ari en se levant à son tour.

Elle secoua la tête et essuya ses larmes, évitant son regard.

– Rien, pardon, rien... Je n'aurais pas dû venir.

À ces mots, elle se précipita dans le couloir. Il la suivit, espérant qu'elle changerait d'avis et ferait demi-tour, mais en un instant elle s'était volatilisée.

Ari fit un petit détour sur le chemin de l'hôtel et emprunta la rue Adalgata. Il s'arrêta à l'endroit où le corps de la jeune fille avait été retrouvé. Toute trace de la sinistre chute avait disparu, pourtant il flottait dans l'air une vague atmosphère de menace, de chagrin.

Qu'avait bien pu voir Jenný ? Il leva les yeux sur l'immeuble, contempla le balcon d'où Unnur était tombée. Avait-elle sauté, un plongeon volontaire dans l'éternité, ou bien quelqu'un s'était-il trouvé derrière elle et… ?

Pas le moindre indice à ce sujet dans la rue, d'après ce que pouvait constater Ari. Toujours ce même immeuble devant lequel il était passé un nombre incalculable de fois sans jamais véritablement le remarquer. Quelque chose lui avait-il échappé ? Jenný avait-elle mis le doigt sur un élément essentiel ? Il était de plus en plus convaincu que cette mort cachait un sombre secret.

Presque sans y réfléchir, il sortit son téléphone et sélectionna le numéro de Tómas. Ensemble, ils avaient toujours été d'une efficacité à toute épreuve. Ils se complétaient. En échangeant, en débattant, ils arrivaient généralement beaucoup plus facilement à une conclusion. La relation entre Ari et Ögmundur n'avait rien à voir. Parfois, Ari avait la sensation que son jeune collègue ne comptait pas s'éterniser ici, qu'il voulait juste acquérir un peu d'expérience, bien travailler, mais avec un minimum d'effort. Peut-être briguait-il un poste dans la capitale, peut-être avait-il un tout autre plan de carrière. Ari n'en avait à vrai dire aucune idée, ils n'abordaient jamais ce genre de sujets.

Tómas répondit quasi instantanément :

– Ari, mon champion ! Quel plaisir ! s'exclama-t-il de sa voix si familièrement amicale. Pour tout te dire, je suis un peu occupé là, c'est urgent ?

– Non, pas de problème. Je… je peux te rappeler plus tard.

– J'ai deux minutes devant moi, c'est juste que je dois me rendre à une réunion. Toujours à bosser comme un forcené à mon âge ! Qui l'eût cru ? Mais dis-moi tout. Il faut qu'on se prenne un café un de ces quatre, ça fait trop longtemps que je ne suis pas remonté dans le Nord. Bien trop longtemps. On n'a toujours pas rasé ma maison ?

– Elle tient encore debout. Mais il y a eu des travaux. Les nouveaux propriétaires semblent avoir les moyens.

– Certains ont les poches bien pleines, soupira Tómas.

– Quoi qu'il en soit, l'affaire est probablement trop compliquée à expliquer en une minute...

Ari hésita. Il ne savait pas vraiment pourquoi il avait appelé son ancien collègue. Il s'était simplement senti dépassé un instant, et avait pensé que Tómas pourrait l'aider. Sans doute une vieille habitude. Mais l'époque où ils collaboraient à la résolution d'une enquête était révolue, et il devait apprendre à se débrouiller tout seul.

– Essaie toujours.

– J'imagine que tu as entendu parler de cette adolescente qui est tombée d'un balcon à Siglufjördur ?

– Oui. C'est dramatique. Je connais un peu sa famille.

– Je suis dans la rue où elle a été retrouvée. L'une de ses amies est passée par là, et elle a vu quelque chose... Quelque chose qui lui a fait peur, je crois. Qui l'a en tout cas poussée à venir m'en parler au poste de police. Mais je ne vois pas du tout ce que ça peut être.

– Elle ne te l'a pas dit ? demanda Tómas.

– Non. Elle était en état de choc.

– Envoie-moi une photo.

– Une photo ?

– De l'endroit où tu te trouves. Je vais regarder ça.

Difficile pour Tómas de faire plus, bien sûr. Il était à l'autre bout du pays et ne connaissait rien du dossier. Mais Ari appréciait le geste. Toujours disposé à prêter main-forte.

– Et on se fait ce café sans tarder ! conclut son vieux collègue.

Avec un peu de chance, l'invitation cachait une intention tout autre, l'objet des réflexions d'Ari depuis des mois : une potentielle offre de travail à Reykjavík. Même s'il n'y croyait plus trop.

– On se voit au plus vite. Rappelle-moi, répondit-il. Au pire, je devrais bientôt passer à la capitale.

22

Le petit Stefnir était allongé à côté de lui, toujours éveillé. Tenant sa main, Ari le regardait et souriait lorsqu'il ouvrait les yeux, juste avant de lui répéter qu'il était temps de dormir. Il lui avait lu une courte histoire, tirée d'un des vieux livres pour enfants des précédents propriétaires, sans doute longtemps restés fermés. Ari passait devant l'étagère presque chaque jour depuis qu'il avait emménagé, bien avant la naissance de son fils, et il avait toujours vu dans cette collection un véritable trésor qu'il pourrait partager avec ses propres enfants. La vie avec Kristín avait pris un tour inattendu, mais les livres n'avaient pas bougé.

Après cette longue journée, c'était lui qui avait couché Stefnir. Il avait mis du cœur dans sa lecture, l'avait peut-être encore plus savourée que le petit. Cet instant partagé avait quelque chose de symbolique, il représentait en quelque sorte tous les souvenirs qui ne prendraient jamais forme, tous ces jours qu'il allait manquer dans l'éducation de son fils. Une petite histoire si lourde de sens à la place de ces centaines de lectures à la tombée de la nuit qui auraient pu faire le quotidien de leur vie de famille.

L'enfant se mit à somnoler et Ari ferma les paupières à son tour, même s'il devait retourner à l'hôtel sans tarder. Une nouvelle fois, ses pensées le menèrent à son défunt père. Il avait un vague souvenir de s'être trouvé ainsi allongé à côté de lui sur le lit de ses parents, dans leur vieille maison à Reykjavík, âgé de cinq ou six ans peut-être. Il existait une telle photo dans un album quelque part, mais Ari était certain que ce souvenir n'était pas une reconstruction. Le temps avait passé et son père avait disparu bien trop tôt. Au moins, Ari avait pu profiter de ces belles années au sein du cocon familial. Et il avait désormais la possibilité de former d'aussi beaux souvenirs pour son fils, malgré de trop rares occasions. Le temps ne passait plus, il filait à toute vitesse, et il était seul à Siglufjördur. La seule solution serait de déménager en Suède, d'abandonner provisoirement toute ambition professionnelle et de reprendre à zéro, jusqu'à leur retour en Islande, à la fin des études de Kristín. Une option qui semblait toutefois hors de portée.

Serrant toujours la main du petit garçon, il se sentit emporté par le sommeil.

Il se réveilla en sursaut et aperçut Kristín, penchée sur eux.

– Excuse-moi, je ne voulais pas te faire peur. Je venais juste voir si tout allait bien, dit-elle d'une voix douce.

Ari avait encore l'esprit embrumé après avoir rêvé de son père, un rêve étrangement réaliste. L'homme se trouvait là, face à lui, bien vivant. Il lui parlait, mais impossible de se rappeler ce qu'il lui disait. Ari ne se souvenait que du bonheur qu'il éprouvait de le revoir.

– Non, je… Pardon, je me suis endormi, je… Donne-moi une minute et je m'en vais…

Elle posa la main sur son front, comme autrefois.

– Rendors-toi, mon Ari, tout va bien. Je vais me coucher en bas.

Elle était amicale, affectueuse même, mais c'était tout. Il ne fallait pas y lire le signe d'un quelconque changement. Il apprécia toutefois le geste, lui sourit et hocha la tête.

– Merci, je suis épuisé.

Elle quitta la pièce.

Ari observa son fils qui dormait paisiblement à côté de lui.

Il lui reprit la main prudemment et referma les yeux.

Pâques

23

Réveillé de bonne heure par Stefnir le matin de Pâques, Ari mit quelques instants à se rappeler pourquoi il n'était pas à l'hôtel. Il prit son fils dans ses bras et, ouvrant la barrière qu'il avait installée pour l'empêcher de descendre seul l'abrupt escalier, le porta jusqu'au rez-de-chaussée.

– Eh bien, j'ai cru que vous alliez dormir toute la journée ! s'exclama Kristín, une tasse de café à la main, lorsqu'ils arrivèrent dans la cuisine. Joyeuses Pâques !

– Joyeuses Pâques, répondit Ari.

– Je suis contente que tu aies dormi ici, tu vas pouvoir aider Stefnir à chercher son œuf.

Elle sourit, et Ari repensa au bon vieux temps. Petit, chez ses parents, il se lançait toujours dans sa chasse à l'œuf dès le réveil et l'entamait sitôt trouvé. On l'autorisait même à boire du Coca-Cola, ce qui était une fête en soi à l'époque.

– Génial, dit-il en se tournant vers Stefnir. Tu es prêt à chercher ? Commençons par le salon, à mon avis, c'est là que sont les meilleures cachettes !

– Ari, il faut que vous veniez. *Il faut que vous veniez tout de suite !*

Salvör l'avait appelé au moment où il entamait son œuf de Pâques. Ils avaient enfin fini par trouver celui de Stefnir – dans le lustre, étonnamment. Prévoyante, Kristín en avait aussi acheté pour eux deux. Peut-être une façon pour elle de se replonger dans une forme de vie familiale traditionnelle. Elle conservait une certaine froideur, une distance difficile à définir, mais Ari la connaissait bien. Elle voulait sincèrement que cette matinée de Pâques se déroule de la meilleure des façons pour sa petite famille brisée. Ce n'était pas plus compliqué que cela.

Il alla s'isoler dans la cuisine.

– Calmez-vous, Salvör. Dites-moi ce qui se passe.

– Quelqu'un..., bafouilla-t-elle, paniquée. Quelqu'un s'est introduit chez moi... cette nuit... Je...

Ari resta coi. Il avait craint qu'elle l'appelle pour lui mettre une nouvelle fois la pression alors qu'il n'avait toujours pas d'indice probant entre les mains. Mais une effraction ?

Ögmundur était déjà chez Salvör lorsqu'il arriva. C'était lui qui était de garde ce jour de Pâques, et à vrai dire tout le week-end, mais les circonstances exigeaient leur présence à tous les deux – les cambriolages n'étaient pas exactement monnaie courante dans la région. Tómas lui avait un jour expliqué que les gens ne fermaient généralement pas leur porte à clé à Siglufjördur. Cette époque semblait révolue, comme Jóhann et Jónína le lui avaient dit, la nuit où l'adolescente avait été retrouvée morte. La cruelle réalité finissait par étendre ses griffes partout, même aux confins du monde.

– Je n'ai rien entendu, témoigna Salvör, encore sous le choc, les yeux gonflés de larmes.

– Il a cassé une fenêtre, à côté de la porte de derrière, précisa Ögmundur. Sans doute pour pouvoir ouvrir le verrou.

– Quelque chose a été volé ? demanda Ari à Salvör.

– Je ne suis pas sûre, je n'ai pas tout vérifié. Je n'ai pas l'impression, mais… ça me paraît étrange. Il y a toutes sortes d'objets de valeur ici, rien de très coûteux, mais le genre de choses qu'un voleur emporterait avec lui. Et rien ne semble avoir bougé.

– Vous êtes certaine que quelqu'un est bien entré ?

Cette fois, ce fut au tour d'Ögmundur de répondre :

– Ça ne laisse aucun doute. À moins que…

Il ne termina pas sa phrase, mais Ari crut pouvoir lire entre les lignes : *à moins que Salvör ait mis cette intrusion en scène.*

– Ari, je crois qu'il est allé dans sa chambre, précisa cette dernière.

– La chambre d'Unnur ?

– Oui, j'ai l'impression que des objets ont été déplacés. Je ne sais… je ne sais pas pourquoi, ni s'il a pris quelque chose.

– Il ? Vous pensez qu'il s'agissait d'un homme ?

Il regarda d'abord Salvör, puis Ögmundur, qui secoua la tête.

– Aucune idée.

Ari suivit son jeune collègue à l'arrière de la maison pour constater les dégâts, puis ils se rendirent dans la chambre d'Unnur. Il jeta un coup d'œil circulaire en prenant soin de ne toucher à rien. Comme Salvör, il avait effectivement la sensation que quelqu'un était venu ici, mais impossible de dire si quelque chose avait été volé.

– Vous n'avez rien vu, Salvör ? Vous ne vous êtes pas réveillée ? demanda Ari lorsqu'ils eurent tous pris place à la table de la salle à manger.

Elle secoua la tête.

– Rien du tout. Je ne sais même pas à quelle heure ça s'est passé.

– Réfléchissez bien. Est-ce qu'il y avait quelque chose dans la chambre de votre fille qui pourrait avoir une importance quelconque… qui pourrait…

Ari hésita, ne voulant pas en dire trop.

– … qui pourrait expliquer ce qui s'est passé.

Salvör se tut. Elle baissa la tête et répondit, la gorge entravée par un sanglot :

– Non, rien que je sache. Comme je vous l'ai dit et répété, c'était une adolescente tout ce qu'il y a de plus normal. Elle ne me causait jamais de problèmes, elle travaillait bien à l'école, ne pensait qu'à sa réussite scolaire… Oui, aucun problème.

Puis elle ajouta :

– Aucun secret.

Cette fois, Ari eut sérieusement du mal à la croire.

24

– Le couple qui habite l'immeuble où Unnur a été retrouvée a appelé. Ils veulent te parler, dit Ögmundur lorsque Ari passa au poste.

– Tu ne pouvais pas t'en occuper ? demanda-t-il, d'un ton peut-être un peu trop brusque – il voulait vraiment rentrer chez lui, cette fois.

– Je n'avais rien à leur dire. C'était la femme, je ne me rappelle plus comment elle s'appelle.

– Jónína.

– C'est bien ça. Elle voulait savoir où en était l'enquête, j'ai eu l'impression qu'elle s'inquiétait. Peut-être même un peu trop. Elle connaissait cette fille ?

Secouant la tête, Ari soupira.

– Je vais passer les voir.

Lorsque Jónína lui ouvrit, Ari put constater à quel point ses traits étaient tirés. Il la suivit dans le salon et, comme la fois précédente, elle s'assit sur le canapé près de la fenêtre. La pièce était de nouveau plongée dans l'obscurité, et Jóhann semblait absent.

Ari s'installa face à elle.

– Mon mari est sorti. Il va toujours à la piscine à cette heure-ci. Il n'aimait pas trop l'idée que je vous téléphone.

– Pourquoi ?

– Il dit que cette affaire ne nous regarde pas. Mais bon, on a beau n'avoir jamais parlé à Unnur, on connaît un peu sa mère. Tout le monde se connaît ici. Je n'arrive pas à me remettre de ce qui s'est passé.

Ari hocha la tête. Comme le silence s'éternisait, il reprit :

– Vous dites que tout le monde se connaît. Vous avez déjà rencontré les deux hommes qui habitent à Siglunes ?

Une expression de surprise se dessina sur le visage de Jónína.

– Oui, je connais bien Thorleifur. Le père, je veux dire. Nous étions ensemble à l'école. Un homme en or. Pourquoi cette question ?

– Pour rien. Je me suis rendu en bateau sur la péninsule hier, ils ont une belle maison là-bas.

– Ça fait une éternité que je n'y suis pas allée. Et jamais par la mer. J'aimais beaucoup emprunter le sentier de randonnée dans le temps, mais je n'en ai plus la force aujourd'hui.

La conversation semblait avoir adouci son humeur, aussi Ari saisit-il l'occasion :

– Vous aviez quelque chose à me dire concernant Unnur ?

– Quelque chose à vous dire ? Qu'est-ce qui vous fait croire ça ?

– Je me demandais simplement si vous n'aviez pas oublié un détail l'autre nuit. C'est souvent le cas, dans ce genre de circonstances. Certains éléments peuvent refaire surface une fois le choc passé.

Elle secoua la tête.

– Non, rien de tout ça. Je... je m'inquiétais, c'est tout. C'est moi qui ai ouvert la porte, vous voyez. Je l'ai fait entrer. J'ai du mal à trouver le sommeil depuis.

– Je comprends.

Ari ne voyait pas comment aider la vieille femme à traverser cette épreuve. Le fait est qu'elle avait permis à l'adolescente d'accéder au balcon d'où elle s'était vraisemblablement jetée.

– Est-ce que cela aurait eu lieu de toute façon ? demanda-t-elle. Je ne veux surtout pas... vous voyez... avoir ça sur la conscience.

Un instant, Ari songea que tout cela n'était qu'une mise en scène. Que le couple lui cachait quelque chose. Était-ce vraisemblable que la femme éprouve une telle culpabilité ? Ce n'était pas exclu, mais il avait fini par attendre des gens le pire plutôt que le meilleur. Unnur était-elle venue les voir ce soir-là ? La visite avait-elle mal tourné ? Ou bien cela avait-il un rapport avec l'historien qui habitait l'appartement du dessus ? Il fallait qu'il l'interroge de nouveau, lui aussi.

– Vous savez, Jónína, répondit-il finalement, je travaille dans la police depuis des années, et j'ai étudié la théologie avant ça. Je peux vous assurer que vous n'êtes en rien responsable de ce qui s'est passé. Vous avez fait ce que n'importe qui aurait fait. Dans une petite ville telle que la nôtre, on ne se méfie pas de son prochain, de ses voisins. Vous ne pouviez pas savoir qui sonnait, et en aucun cas imaginer ce qui se passait dans la tête de cette pauvre jeune fille.

Malheureusement, on ne le saura sans doute jamais. Je pense que vous pouvez dormir tranquille.

Il se surprenait lui-même. Il n'avait pas eu l'intention de tenir un tel discours, n'y croyait d'ailleurs que partiellement, mais visiblement la femme se sentait mieux.

Et cela lui mettait du baume au cœur.

Elle eut un sourire timide.

– Excusez-moi, je ne vous ai rien offert. J'ai vraiment la tête ailleurs. Je peux préparer du café, et je dois avoir des biscuits quelque part.

– Ne vous donnez pas de mal. Je ne comptais pas m'attarder. Savez-vous si Bjarki est rentré de Reykjavík ?

– Oui, hier dans la soirée.

– Je vais lui rendre une petite visite. Il est chez lui ?

– Il me semble avoir entendu du bruit là-haut.

– Très bien. Merci pour votre accueil. Rappelez-moi si quelque chose vous revient. On ne sait jamais.

– Oui, je… je le ferai, acquiesça-t-elle.

– Passez le bonjour à Jóhann.

25

Surpris par sa visite impromptue, Bjarki invita malgré tout Ari à entrer sans une hésitation.

– Excusez-moi pour le désordre, j'étais en train de travailler... Venez dans le salon.

Il déplaça les livres entassés sur le canapé pour qu'Ari puisse s'asseoir.

La quarantaine, plutôt grand, Bjarki avait la chevelure épaisse et des lunettes rondes sur le nez. Ses épaules larges et son teint hâlé étaient surprenants pour un homme qui devait passer ses journées plongé dans des livres. En s'installant sur le canapé, Ari se dit que le charisme que dégageait Bjarki en ferait un excellent professeur ou homme politique. Accueillant, l'appartement était meublé d'antiquités.

Bjarki ne lui offrit rien à boire. Pas de manières. La visite ne semblait toutefois pas le déranger, même s'il avait sans doute des activités plus pressantes. Ari ne comptait pas rester longtemps. Il voulait simplement faire d'une pierre deux coups après sa visite à Jónína.

– Vous êtes propriétaire des lieux ? demanda-t-il, avant de se rappeler qu'il lui avait dit que l'immeuble appartenait à sa famille.

– Si on veut. C'est mon père, en fait, répondit Bjarki. Je suis né ici, mais je n'y avais jamais vécu à l'âge adulte. Je m'y sens vraiment bien, cela dit. J'ai obtenu une bourse de la ville pour écrire sur les habitants de Siglufjördur qui sont partis s'installer en Amérique à la fin du XIXe siècle, même si mon champ d'étude ne se limite pas à ça.

– Vous vous y consacrez à plein temps ? demanda Ari, un peu surpris.

– Plus ou moins.

– Pourquoi ce sujet ?

Le visage de Bjarki s'illumina.

– Parce que je suis historien, et que c'est une période passionnante de l'histoire de l'Islande. Peu de gens s'y sont intéressés au niveau local. Vous saviez que des habitants de la région avaient émigré ?

– Non, je n'en avais jamais entendu parler.

Ari ne nourrissait pas un grand intérêt pour l'histoire. S'il avait un peu de temps libre, il préférait le passer à écouter de la musique et à essayer de se vider l'esprit plutôt que de l'encombrer d'événements révolus.

– Cela me passionne depuis le lycée, peut-être même avant ça. On ne sait pas exactement combien d'Islandais sont partis, mais ils étaient au moins quatorze mille.

– Et c'est donc la ville qui finance ce projet ?

– Oui. À vrai dire, ce n'est pas la première fois que j'obtiens une bourse. J'avais déjà eu l'occasion d'écrire sur la pêche au hareng, dit-il, une expression de fierté au visage.

– Ah oui ?

– Mon père est de Siglufjördur. Je suis né ici, dans le Nord, avant que nous déménagions à Reykjavík. Ma famille travaillait dans le hareng, comme tout le monde. Tout ça a pris fin avant ma naissance, mais mon père m'a raconté beaucoup d'histoires de cette époque. Une véritable anthologie. Vous avez forcément entendu parler de l'âge d'or du hareng, non ?

Ari hocha la tête.

– Assez souvent, oui. Surtout de sa disparition.

– Qui a eu lieu pratiquement du jour au lendemain. Les gens qui avaient investi dans cette industrie se sont retrouvés les mains vides. Les banques ont saisi les biens de ceux qui ne parvenaient plus à rembourser leurs dettes, et peu à peu la vie s'est comme arrêtée. Je ne suis pas très engagé politiquement, mais papa, qui est plutôt conservateur, m'a dit que ça avait tué l'esprit d'entreprise, et qu'après ça il n'avait plus voulu vivre ici. Il a beaucoup perdu, d'après ce que j'ai compris. Nous sommes partis habiter à la capitale quand j'étais encore tout petit.

– Et vous voilà de retour.

– Oui, je..., fit-il avant de s'arrêter un moment. Je me sens bien ici. L'appartement est agréable, j'y ai beaucoup de bons souvenirs. Et la ville est plus vivante qu'autrefois. Entre les touristes, les nouveaux investissements, la culture qui explose...

Ari se leva.

– Oui, c'est un lieu plein de charme.

Il appréciait l'historien. Dans d'autres circonstances ils auraient peut-être même pu devenir amis. Ari n'avait pas vraiment de proches à Siglufjördur. Il avait passé l'essentiel de son temps avec Tómas et le révérend Eggert, deux hommes d'une autre génération. Cela n'avait pas vraiment d'importance à l'époque où Kristín était encore là – ils se tenaient alors compagnie, malgré les tempêtes qu'ils essuyaient au quotidien –, mais aujourd'hui la situation était différente.

– Idéal pour écrire, renchérit Bjarki.

– Vous comptez rester longtemps ? demanda Ari.

– Je bénéficie d'une bourse jusqu'à l'année prochaine au moins. Mon objectif est de partir à l'automne au Canada, sur les traces des Islandais, et d'écrire là-bas pendant quelques semaines. Mais sinon je vais rester ici. Je n'ai pas envie de manquer la belle saison à Siglufjördur.

– On pourra peut-être se prendre un café à l'occasion, je ne serais pas contre en apprendre un peu plus sur votre travail. Quand les choses se seront tassées.

– Avec plaisir.

Sans vraiment comprendre pourquoi, Ari fut rattrapé par un soudain sentiment de méfiance. *Ne jamais faire confiance à personne…* Il devait en savoir plus.

– Vous m'avez dit au téléphone que vous participiez à un colloque, n'est-ce pas ?

– C'est bien ça.

– Sur quel sujet ?

– La méthodologie des sources. C'était l'université qui organisait. Rien de très passionnant, sauf pour les personnes concernées.

Comme s'il avait deviné ce qu'Ari cherchait à savoir, il ajouta :

– Je donnais une présentation mercredi, puis j'avais une table ronde dans la soirée. Comme d'habitude, tout ça s'est terminé par un dîner et un verre au pub.

Sous-entendu : *J'étais à Reykjavík mercredi, occupé à boire toute la nuit, et non pas dans mon appartement, à deux pas de l'emplacement où cette fille a été retrouvée morte…*

– Et vos congés ?

– Mes congés ?

– Vous m'aviez dit au téléphone prendre quelques jours de congé à Reykjavík.

– Ah, oui, tout à fait. J'ai changé d'avis, j'ai préféré rentrer dès que vous m'avez appelé. Cette histoire me mettait mal à l'aise, je voulais m'assurer que tout allait bien dans l'appartement, vous voyez…

– Vous avez remarqué quelque chose d'inhabituel ?

– Non, fit Bjarki en secouant la tête. Je me suis inquiété pour rien.

– Contactez-moi si vous notez quelque chose.

– Bien sûr, répondit Bjarki avant de demander, presque timidement : Vous ne pensez tout de même pas qu'on l'a… poussée ?

Ari réfléchit un instant.

– Rien ne le suggère pour le moment.

– Mais il y a une enquête quand même ?

– Une enquête ? Oui, je… je veux juste essayer de comprendre ce qui s'est passé exactement. Pour sa mère, si je peux.

– Je comprends, acquiesça Bjarki.

– Merci de m'avoir accordé votre temps.

– Je vous en prie. Et on se boit ce café bientôt.

26

– Le temps va vraiment se gâter, dit Kristín en guise d'accueil lorsque Ari franchit le seuil de la porte.

Il avait eu tellement hâte de les retrouver, mais la jeune femme semblait d'humeur sombre.

– Je crois que nous allons repartir aujourd'hui.

– Aujourd'hui ?

Soudain accablé, Ari regretta de n'avoir pas confié l'enquête à Ögmundur. Quel imbécile d'avoir perdu autant de temps dans une affaire sans issue alors qu'il aurait pu le passer avec son petit garçon ! Comme Kristín le disait, la tempête allait arriver de façon prématurée sur la région et frapper dès le lendemain. Ari avait bien remarqué un flux de voitures plus important que d'habitude quittant la ville ce matin-là. Les voyageurs ne voulaient pas courir le risque de se retrouver bloqués à Siglufjördur.

– J'ai changé nos billets d'avion. On décolle d'Akureyri cet après-midi pour rejoindre la capitale.

– Quoi ? Mais alors vous partez quand de la maison ? souffla-t-il en essayant de cacher le désespoir dans sa voix – il connaissait déjà la réponse.

– Tout de suite, mon Ari. Je t'attendais pour te dire au revoir. J'ai fait nos bagages, ils sont déjà dans la voiture.

– Mais…

Il avait tellement de choses à dire, cependant les mots refusaient de sortir de sa gorge.

– Vous venez juste d'arriver, nous avons eu si peu de temps ensemble.

– C'est comme ça, répliqua-t-elle. On ne peut pas toujours contrôler les circonstances.

Il apprécia le fait qu'elle ne lui reproche pas les absences liées à son travail.

– On se rattrapera une autre fois, ajouta-t-elle avant de le prendre dans ses bras. Tu vas venir nous rendre visite cet été, non ? Ça va passer vite.

C'était comme si elle s'adressait à un enfant. Et peut-être que, d'une certaine manière, c'était tout à fait approprié. Il se sentait minuscule.

– Oui, bien sûr. J'ai déjà commandé mon billet.

– Il fait plus doux en Suède qu'ici, au mois de juillet.

– Ne t'avise pas de dire du mal de l'été à Siglufjördur, répondit-il, d'un ton qu'il voulait plus léger.

Puis il se tourna vers son fils, le prit dans ses bras et le serra fort contre lui.

27

Ari avait chargé Ögmundur d'enquêter sur le cambriolage, sans véritable espoir. Le coupable n'avait en effet laissé aucune trace derrière lui, et aucun témoin ne s'était manifesté. Plus le temps passait, moins ils avaient de chances de découvrir qui s'était introduit chez Salvör.

De son côté, il devait encore interroger une personne en lien avec Unnur : son amie Sara. Une fois Kristín et Stefnir partis, il lui avait téléphoné. Il fallait qu'il se change les idées. Elle lui avait proposé de la retrouver dans un café où elle travaillait pendant les vacances.

La file d'attente s'étirait jusqu'à l'extérieur de l'établissement dont la spécialité, le chocolat chaud, le rendait particulièrement populaire à Pâques.

Une jeune fille lui fit un signe de la main lorsqu'il entra et il se dirigea vers elle.

– Bonjour, c'est moi, Sara. Venez avec moi à l'arrière, je vais prendre ma pause.

Un sourire lumineux aux lèvres, elle proposa un chocolat chaud à Ari, qui accepta.

– Excusez-moi de vous déranger en plein travail, dit-il.

– Pas de souci, ça va me faire du bien de m'arrêter deux minutes. C'est la folie ici. Mais bon, au moins, j'ai du boulot pendant les vacances.

– Vous êtes en terminale ?

– Oui.

– Quels sont vos projets pour l'année prochaine ?

– Je vais déménager à Reykjavík. J'entame un cursus d'ingénieur à l'université.

– Et après ça, vous reviendrez à Siglufjördur ?

Elle lui lança un regard entendu, sans ajouter un mot – la réponse était évidente.

– Unnur et vous, vous vous connaissiez je crois ? demanda Ari après avoir avalé une gorgée de son chocolat.

– Oui, plutôt bien.

– C'était votre meilleure amie ?

– Je n'irais pas jusque-là, répondit-elle. Elle n'avait pas beaucoup d'amis. On était juste voisines de classe. Ça s'est fait un peu par hasard, mais on a fini par bosser sur pas mal de devoirs ensemble. On ne se fréquentait pas en dehors des cours, cela dit.

– Elle avait un petit ami ? Ou une ?

– Ni l'un ni l'autre. Je ne pense pas. Ça m'étonnerait. Elle restait souvent dans son coin. Une fille sérieuse, agréable... Quelqu'un de bien, je crois.

– Est-ce qu'il lui arrivait d'être déprimée ?

Sara sembla réfléchir une seconde.

– Je ne sais pas trop. Et je ne suis pas sûre d'être la bonne personne pour vous répondre. Elle ne montrait pas beaucoup ses émotions. Mais puisque vous en parlez, peut-être qu'elle était un peu plus distante que d'habitude, ces dernières semaines. Un peu éteinte.

– Comment ça ?

– L'esprit ailleurs, je dirais. Elle m'avait toujours semblé avoir la tête sur les épaules, mais j'ai senti quelque chose de légèrement différent chez elle. Je ne saurais pas l'expliquer.

– Votre nom apparaît assez souvent dans son agenda. Pour les devoirs, notamment, risqua Ari, avec la crainte de trop en dire. J'avais l'impression que vous vous connaissiez mieux que ça...

Le sourire de Sara se figea tout à coup dans une expression de surprise.

– Je... Oui, peut-être qu'elle voyait les choses comme ça. Je ne sais pas... Elle n'avait probablement pas d'autres amis au lycée. Ça m'embête de le dire, mais bon...

– Et que pensent vos amis à vous de cette histoire ? Des réflexions ? Des théories ?

Elle haussa les épaules.

– Qu'est-ce qu'il y a à dire ? C'est tragique, bien sûr, mais on ne sait rien de ce qui s'est passé. Ça arrive, c'est tout. Évidemment, tout le monde est sous le choc, mais à ma connaissance, personne n'en sait plus ni ne soupçonne... À part...

Elle s'arrêta.

– Sara, enchaîna Ari en choisissant ses mots avec soin. Peut-être qu'il s'agissait simplement d'un suicide et qu'on n'en connaîtra jamais la raison. S'il y a en revanche la moindre possibilité d'une piste criminelle, il est absolument crucial d'explorer tous les indices. Vous me comprenez, n'est-ce pas ?

Elle jeta un regard circulaire. Ils étaient assis tous les deux dans la petite cuisine à l'arrière du café. L'odeur de chocolat imprégnait tout le bâtiment, et on entendait des bruits de tasses et de couverts qui s'entrechoquaient de l'autre côté du mur. Visiblement, le départ précipité de certains voyageurs n'empêchait pas la ville de continuer à vivre.

– En fait, je me posais une question... Il y a une fille qui s'appelle Jenný dans notre classe. Vous la connaissez ?

– Je vois qui c'est, répondit Ari d'un ton aussi neutre que possible – il ne voulait surtout pas mentionner que la jeune fille était venue lui rendre visite.

– Elle l'a pris très personnellement, à ce qu'on m'a dit. Alors qu'elles ne se parlaient pas vraiment, Unnur et elle. Je ne sais pas, mais... Ouais, peut-être qu'elle est au courant de quelque chose. Ne dites pas que c'est moi qui vous en ai fait part, je ne veux pas être mêlée à ça.

– Bien sûr.

– Il faut que je retourne travailler, on a beaucoup de monde aujourd'hui.

– Je comprends. Merci d'avoir pris le temps de répondre à mes questions, Sara.

Il la salua et traversa la foule pour retrouver l'air glacé.

28

En revenant du café, Ari décida de faire un détour et de se rendre chez Gudjón Helgason, le peintre qui avait découvert le corps d'Unnur. Ögmundur avait pris sa déposition dès le lendemain du drame, sans qu'il en ressorte quoi que ce soit, mais Ari demeurait convaincu qu'il restait des éléments à approfondir concernant ses errances nocturnes.

La résidence d'artistes où il logeait était une vieille maison en bois de petite taille en bord de mer, l'une de ces nombreuses bâtisses rénovées avec minutie ces dernières années.

Ari frappa à la porte et dut patienter un long moment avant que Gudjón ne lui réponde, la mine fatiguée, seulement vêtu d'un bermuda et d'un débardeur.

– Ah, bonjour, bonjour. Je ne m'attendais pas à votre visite.

– Je passais dans le voisinage. Je peux entrer ?

– Allez-y.

Ari s'exécuta.

– Vous êtes déjà venu ? reprit Gudjón. C'est très mignon ici.

– Non, mais je suis souvent passé devant cette maison.

Ils pénétrèrent dans un petit salon meublé d'antiquités choisies avec un soin méticuleux. La vue spectaculaire sur le fjord par la fenêtre ne faisait qu'ajouter au charme des lieux.

– L'atelier est au sous-sol. Je me verrais mal peindre et faire mes travaux manuels dans cette pièce. Enfin, la maison est très agréable. Les propriétaires sont un couple d'avocats qui habitent à Reykjavík. Ils viennent l'été et prêtent leur logement à des artistes durant l'hiver. En général, je n'ai pas beaucoup de sympathie pour les juristes, mais en l'occurrence, je leur suis reconnaissant. Ils ont également acheté un vieux phare abandonné de l'autre côté du fjord qu'ils sont en train de retaper. Ils espèrent pouvoir aussi accueillir des artistes là-bas.

– Je l'ignorais. Sur la péninsule de Siglunes ? demanda Ari.

– Non, à peu près à mi-chemin dans cette direction. Il ne sert plus depuis longtemps.

Ne souhaitant pas s'éterniser, Ari resta debout.

– En dehors de ça, je n'ai pas grand-chose à vous raconter, reprit Gudjón. Je vous ai déjà dit tout ce que je savais, à vous et à votre collègue.

– Revoyons cela, dit Ari, refrénant une envie de le corriger : *Mon subalterne, pas mon collègue.*

– J'ai ce logement pour trois mois, soupira Gudjón d'un ton las. C'est presque terminé, vous serez débarrassé de moi dans quelques jours.

– La jeune fille qui est morte s'appelait Unnur, vous en avez probablement eu vent.

– J'ai lu son nom quelque part dans un journal.

– Vous la connaissiez ?

– Non, comme je vous l'ai déjà dit. Je ne connais presque personne ici. J'ai été en contact avec quelques artistes locaux, il m'est arrivé d'aller boire un verre avec eux, mais ce ne sont que de vagues connaissances. Et elles se comptent sur les doigts d'une main.

– La mère d'Unnur s'appelle Salvör. Vous l'avez rencontrée ?

Fronçant les sourcils, Gudjón secoua énergiquement la tête.

– Non. C'est une habitude du coin, de vouloir entraîner les visiteurs dans ce genre d'affaires sordides ? Elle ne s'est pas tout simplement jetée d'un balcon ? Je ne vois rien de louche à ça...

– Ce qui m'interroge, Gudjón, c'est ce que vous faisiez à cet endroit au beau milieu de la nuit.

– Je ne savais pas que je vivais dans un État policier. Je me baladais, c'est tout. C'est la nuit que j'arrive le mieux à nourrir ma créativité.

D'un air indigné, il ajouta :

– Je ne vous demande pas de comprendre.

– Est-ce que vous avez vu quelque chose qui aurait attiré votre attention ? Quelqu'un d'autre qui se serait trouvé à proximité de la scène ?

– À proximité de la scène ? Mon Dieu, que de formalités ! Il faudrait essayer de vous détendre un peu.

Ari ravala sa colère. Nul besoin d'insister, il n'irait pas plus loin. Peut-être que Gudjón disait la vérité. En tout cas, une chose était sûre : il n'avait aucune envie d'avoir de nouveau affaire à cet homme.

29

Ari était assis au piano, dans le salon de sa vieille maison rue Eyrargata, lorsque Tómas téléphona. Le vent s'était levé dehors, et à en croire les prévisions météo, les précipitations ne tarderaient plus à suivre.

Il décrocha, s'autorisant à espérer l'espace d'une seconde que son ancien supérieur l'appelait pour lui proposer un poste à la capitale. Il n'avait pas abordé le sujet lors de leur conversation de la veille, mais son insistance pour qu'ils se voient rapidement était peut-être un signe. Ari n'était pas sûr de ce qu'il répondrait si une telle offre se présentait effectivement à lui, néanmoins il y avait quelque chose d'exaltant à envisager cette possibilité.

– Allô ?

– Ari ! Je te dérange ? Joyeuses Pâques, au fait !

– Pas du tout. À toi aussi.

– Excuse-moi, j'étais débordé hier au moment où tu m'as appelé. Et puis, ce matin au réveil, j'ai réfléchi à ton affaire.

– Dis-moi tout ?

– J'ai bien observé la photo que tu m'as envoyée. Je n'y ai pas vu grand-chose, en dehors du fait que les images de Siglufjördur me donnent toujours envie de revenir sur-le-champ ! s'exclama-t-il dans un éclat de rire. Cette jeune fille qui est venue te voir, elle t'a dit qu'elle avait vu quelque chose ?

– C'est bien ça.

– Elle l'a formulé exactement comme ça ? Ce sont les mots qu'elle a employés ?

– Oui, enfin… Comment ça ?

– C'est peut-être *quelqu'un*, qu'elle a vu.

Ari réfléchit. Tómas avait sans doute raison, mais impossible de se rappeler la phrase précise de l'adolescente.

– Ça se peut.

– Ça m'ennuie vraiment d'être si loin, Ari. J'aimerais bien pouvoir enquêter avec toi en binôme, comme au bon vieux temps. On se débrouillait plutôt bien, hein ?

– Très bien, même, acquiesça Ari.

– Comment ça se passe avec le petit nouveau ? Comment s'appelle-t-il déjà ?

– Ögmundur.

– Ah oui, Ögmundur. Je ne le connais pas. Tu sais de quelle famille il est[1] ? demanda Tómas.

– Pas précisément. Je sais juste qu'ils ne sont pas policiers, il m'en a parlé une fois.

– C'est donc le premier flic de sa famille. Comme toi.

– Comme moi, oui.

– Et comment se passe votre collaboration ?

1. Si l'habitude se perd un peu aujourd'hui, il demeure coutumier chez certains Islandais de demander aux personnes qu'ils rencontrent à quelle famille, quelle lignée, elles appartiennent.

Ari s'accorda un instant de réflexion.

– Parfaitement bien, mentit-il, conscient de ne pas réellement parvenir à cacher ce qu'il pensait vraiment.

– Tant mieux. Je suis heureux de voir à quel point tu as bien réussi à t'intégrer dans le Nord. Ça me rassure que ma relève soit assurée par quelqu'un comme toi.

– Et comment ça se passe de ton côté ? Beaucoup à faire ?

– Oh que oui, mon brave. Malheureusement. J'aimerais bien que la capitale soit aussi calme que Siglufjördur. À mon âge, on devrait pouvoir se reposer un peu, ajouta-t-il dans un rire. Enfin, ma femme m'attend, on part se faire un brunch, comme on dit. Un peu tardif, d'ailleurs. À Siglufjördur, on mangeait le petit déjeuner le matin, puis le déjeuner à midi. Et on faisait ça à la maison, pas au resto. Mais bon, peut-être que ça a changé là-bas aussi, comme tant d'autres choses…

– Sûrement, répondit Ari, pensif. Tout change, c'est comme ça.

– On se rappelle, champion.

Le regard dans le vide, Ari resta un instant immobile. Tómas n'avait pas dit un mot au sujet d'un poste à Reykjavík. Ari avait laissé passer trop de temps. Son ancien collègue parlait de lui comme d'un vrai successeur, comme s'il était désormais exclu qu'il quitte un jour Siglufjördur.

C'était donc terminé.

Il était coincé ici, que cela lui plaise ou non.

30

– Hersir, dit le médecin au bout du fil, d'un ton peu amène.

– Bonsoir. Ici Ari Thór Arason, de la police.

Il était l'heure du dîner et il n'avait rien prévu à manger. Tous ses projets s'étaient plus ou moins effondrés avec le départ de Kristín et Stefnir. Il avait pensé leur cuisiner un gigot d'agneau, mais il n'avait aucune envie de se lancer dans de tels préparatifs pour lui seul. Se contentant de quelques toasts, il avait alors appelé Hersir.

– Ari, oui, bien sûr, répondit celui-ci, guère plus avenant.

– Je venais aux nouvelles concernant Hávardur. Vous disiez que vous alliez demander à son fils si ça ne posait pas de problème que je l'interroge.

– Ah ?

Ari avait du mal à y croire : le médecin avait-il vraiment oublié sa promesse ou essayait-il simplement de s'y soustraire ?

– Au sujet des inscriptions qu'il a laissées sur le mur de sa chambre ? reprit-il.

– Oui, bien sûr. Pardon, pardon. Je croyais que tout cela était derrière nous. Il me semble que vous nous avez vous-même donné l'autorisation de nettoyer le mur ?

– Je voudrais quand même discuter un peu avec lui. Vous avez contacté son fils ?

– Non. C'est Pâques, je ne voulais pas le déranger…

– Pas de souci. Je vais m'en charger.

– Il vaut peut-être mieux que je…

– Vous avez son nom et son numéro de téléphone, ou peut-être une adresse ?

– Il s'appelle Thormódur, répondit le médecin à contrecœur. Il habite dans votre rue. Thormódur Hávardarson[1].

– Parfait, ça devrait me suffire.

– Ne lui…

– Oui ?

– Ne lui causez pas plus de malheur que nécessaire. Son père est dans un état de sénilité avancé, c'est déjà suffisamment difficile à gérer, mieux vaut éviter de…

– De remuer le couteau dans la plaie ?

– C'est ça, oui.

– Merci pour ces informations, Hersir. Je repasserai vous voir si besoin.

– Avec…

Ari raccrocha avant que le médecin n'ait pu terminer.

1. La plupart des Islandais ne possèdent pas de nom de famille, mais un patronyme composé du prénom du père (ou, plus rarement, de la mère) suivi du suffixe – *son* (fils) ou – *dóttir* (fille). Hávardarson est donc « fils de Hávardur ».

31

Ari avait préféré frapper directement chez Thormódur Hávardarson plutôt que de lui téléphoner. Grand, plutôt svelte, le crâne presque entièrement dégarni, l'homme devait avoir la cinquantaine à peine. Ari s'était efforcé de lui expliquer avec concision que son père connaissait peut-être quelqu'un lié à l'adolescente retrouvée morte quelques jours plus tôt, et Thormódur avait accepté qu'on interroge le vieil homme.

– Mais c'est difficile de discuter avec lui, vous comprenez ? avait-il toutefois précisé. Il mélange les événements anciens et plus récents, tout est confus dans son esprit.

– Est-ce qu'il imagine des choses ?

– Comment ça ?

– Est-ce que ce qu'il raconte reste, dans une certaine mesure, ancré dans le réel ?

Thormódur avait réfléchi un instant avant de répondre :

– Je le vois tous les jours. Heureusement, je peux l'avoir près de moi ici, à Siglufjördur. On voulait l'envoyer à Akureyri, mais Hersir a sauvé la mise. Je lui suis infiniment reconnaissant. À ma connaissance, papa n'a jamais raconté de choses délirantes. Tout ce qu'il dit a un fond de vérité, même s'il est impossible de savoir si ça s'est passé hier ou il y a soixante ans.

La météo se dégrada encore le soir venu, le ciel était obscurci de lourds nuages. Ari décida de braver la tempête imminente et de marcher jusqu'à la maison de retraite pour essayer de discuter avec Hávardur.

Le médecin absent, c'est Ugla qui l'accueillit.

– Salut ! s'exclama-t-elle avec un enthousiasme qui se lisait jusque dans son regard. Décidément, on se voit presque tous les jours en ce moment.

Il sourit, sans vraiment savoir quoi répondre. Il ignorait quel ton adopter avec elle.

– Hávardur est là ? demanda-t-il, de manière un peu trop mécanique.

– Il est toujours là et il est réveillé. Tu as de la chance.

– Toujours là, je vois. Son fils doit quand même bien l'emmener faire un petit tour de temps en temps, non ?

– Son fils ? Non, il vient très régulièrement, mais ils ne sortent pas.

– Et comment va Hávardur aujourd'hui ?

– Pour le moment, ça va.

– Il… n'a pas réécrit sur son mur ?

– Non, et il n'en a pas reparlé non plus. C'est comme s'il avait complètement oublié ce qui s'est passé.

Assis sur son fauteuil roulant dans la salle de télévision, Hávardur regardait un programme de la chaîne publique. Ari avait du mal à voir s'il le suivait vraiment avec attention.

– Hávardur, souffla Ugla d'une voix douce. Je vous présente Ari, de la police. Il aimerait vous parler un petit peu.

Le vieil homme s'illumina en levant les yeux, qu'il posa d'abord sur Ugla puis sur Ari. Il semblait en plutôt bonne forme pour son âge, le corps vigoureux et le visage expressif. Il avait le crâne complètement chauve ; nul doute que son fils, déjà dégarni, suivait la même direction.

– Ari ? dit-il, la voix faible et un peu enrouée. Ari, oui. De quelle famille êtes-vous, mon ami ?

– Je viens de Reykjavík.

– Oui, mais qui sont vos parents ? répéta Hávardur.

Ari jeta un rapide coup d'œil à Ugla, qui lui fit signe qu'il devait se soumettre à cet interrogatoire.

– Mon père s'appelait Ari Thór Arason, il était comptable. Et ma mère Hafdís était musicienne. Elle jouait dans l'orchestre symphonique d'Islande.

Hávardur resta un instant silencieux, comme s'il digérait ces informations.

– J'écoute beaucoup l'orchestre symphonique à la radio. Je suis allé les voir une fois, à la capitale. C'était… oui, c'était l'année dernière.

– Et ça vous a plu ?

Hávardur le regarda sans comprendre.

– Quoi donc ?

– De voir l'orchestre symphonique.

Il secoua la tête puis répondit :

– Oui, ça m'a beaucoup plu.

Ari retrouva le sourire. Avec un peu de chance, le vieil homme était en train de revenir à lui.

– Racontez-moi comment c'était.

– Avec plaisir, répondit Hávardur d'un ton docte. Je me souviens que les cloches de l'église ont sonné.

– Les cloches de l'église ?

– Oui, c'était très étrange. Très inhabituel, comme vous pouvez l'imaginer... En pleine nuit, figurez-vous.

– Les cloches ont sonné en pleine nuit ? Quand ça ?

– Eh bien, pendant le tremblement de terre. Notre maison était secouée de toute part, j'ai bien cru que j'allais y rester. Nous avons tous couru dans la rue, moi, mes parents et mes frères et sœurs. Nous n'osions pas retourner à l'intérieur. Et bien sûr, il y a eu une panne de courant.

Ari leva les yeux sur Ugla qui lui murmura :

– Il lui arrive parfois de me raconter cette histoire.

Se tournant vers Hávardur, elle demanda :

– C'était en 1963, n'est-ce pas ? Le grand tremblement de terre ?

– Très juste. Elle en sait plus que vous ! ajouta le vieil homme d'un air espiègle à l'intention d'Ari.

– À vrai dire, je voulais vous poser des questions sur un autre sujet, reprit celui-ci, de plus en plus convaincu que cet entretien était sans issue.

– Dites-moi.

– Vous avez écrit quelque chose sur le mur de votre chambre l'autre jour, vous vous rappelez ?

– Sur le mur ?

Son visage s'assombrit. Ari se tourna vers Ugla qui haussa les épaules.

– *Elle a été tuée*, c'est ce que vous avez écrit, précisa Ari.

– Ce que j'ai écrit, moi ? Qui a été tué ?

– C'est justement ce que je voulais vous demander.

Hávardur resta un instant interdit, les yeux baissés sur la table devant lui.

– C'est une jeune fille qui est morte, dit Ari, attendant une réaction.

Le vieil homme se redressa soudain.

– Non, non, pas elle. Non... J'ai vu ce qui s'est passé, ce n'était pas elle.

Un frisson parcourut Ari. À sa voix, à l'expression de son visage, Hávardur paraissait convaincu de son affirmation. Il semblait décrire un événement bien réel, et encore frais dans sa mémoire. Pourtant, depuis la maison de retraite, on ne voyait pas la rue Adalgata où Unnur avait été retrouvée ; il n'avait pas pu être témoin de la scène.

Puis le regard du vieil homme se fit plus distant. Fixant le vide, il ne remarquait même plus la présence d'Ari.

– Qui était-ce, alors ? demanda ce dernier dans une vaine tentative.

Aucune réponse.

– Qui était-ce, Hávardur ? répéta-t-il, plus brusquement qu'il ne l'aurait voulu. Qui avez-vous vu ?

Pas de réaction. Ari essaya de reformuler sa question.

– Hávardur ? fit-il pour interpeller le vieil homme. Qui l'a tuée ?

Quelque chose s'illumina dans ses yeux, comme s'il avait compris la question, comme si Ari était parvenu à établir une connexion.

– Qui ? *Finnbogi*. C'était Finnbogi ! s'exclama-t-il, une lueur de colère dans le regard.

– Qu'est-ce qu'il a fait ? Qu'a fait Finnbogi ?

– Eh bien, il l'a *tuée*, répondit le vieillard d'un ton irrévocable.

Puis, baissant la tête, il demanda :

– Qui êtes-vous, jeune homme ?

– C'est Ari, intervint Ugla d'une voix bienveillante. Il voulait juste venir vous dire bonjour.

– Pardon, mon ami. Je ne me souviens pas de vous. On se connaît ?

Ari secoua la tête.

– Pas vraiment, non. Excusez-moi pour le dérangement, il faut que j'y aille.

Ils laissèrent Hávardur devant la télévision et allèrent s'installer dans la cafétéria.

– J'avais oublié que ta mère jouait dans l'orchestre symphonique, dit Ugla. Tu veux un café ?

– Je veux bien, merci.

– Tu me l'avais pourtant dit à l'époque, quand on apprenait le piano.

– Quand tu me l'enseignais, plutôt, la corrigea-t-il avec malice. Avec plus ou moins de succès.

– Et une fin un peu abrupte, ajouta-t-elle en s'esclaffant.

C'était rassurant de l'entendre rire de ce qui était advenu de leur relation, si l'on pouvait employer ce mot. La situation n'avait pas toujours prêté à la plaisanterie, longtemps elle ne lui avait même pas accordé un regard lorsqu'ils se croisaient dans la rue.

– Tu t'entraînes toujours ?

– Seulement de temps en temps. Je n'ai pas repris de professeur, mais j'essaie de lire les notes tout seul et de jouer quelques morceaux simples. Ça ne se passe pas si mal.

– Tu te débrouillais plutôt bien, tu avais l'oreille musicale, dit-elle tendrement.

– Je tiens ça de ma mère, répondit-il à voix basse, un peu gêné d'aborder un sujet qu'il gardait généralement pour lui.

– Elle était violoniste, c'est bien ça ?

– Exact.

– Je m'en souviens. Elle jouait souvent pour toi ?

Ari hocha la tête.

– Parfois, elle nous faisait de petits concerts, juste pour mon père et moi. Ça restera toujours gravé dans ma mémoire. Et puis elle passait son temps à s'exercer, même si ce n'était pas la même chose. Parfois, elle m'emmenait voir l'orchestre. Pas très souvent. Pas assez. Peut-être qu'elle avait l'intention de me faire découvrir tout ça un peu plus tard, quand j'aurais été plus âgé…

Ugla allait répondre quand elle fut interrompue par la voix de Hávardur en provenance de la salle de télévision. Elle se leva.

– Il m'appelle, il ne se souvient jamais de mon prénom. Excuse-moi, Ari. On reprendra cette conversation plus tard ?

– Bien sûr, oui.

Elle le serra dans ses bras et l'embrassa sur la joue.

– Malheureusement, je travaille tout le week-end de Pâques, reprit-elle avant de marquer une pause. Mais je suis libre demain en fin de journée, et toute la soirée si jamais…

À son tour, il resta silencieux. Il pensait à Kristín. Kristín avec qui il avait un jour cru qu'il finirait sa vie. Mais rien n'est éternel. Peut-être que le moment était venu de faire un pas vers l'avenir, la vie n'allait pas l'attendre.

– Demain soir ? fit-il, feignant de réfléchir. Je crois que je suis disponible.

– Super. Tu n'as qu'à passer à la maison. Vingt heures. Et travaille ton piano avant de venir.

32

Ari était désormais convaincu que le message griffonné sur le mur par Hávardur n'avait aucun lien avec l'adolescente, malgré l'étrangeté de leur conversation et le fait que le vieil homme s'était montré plutôt persuasif en affirmant avoir été témoin d'un meurtre. Il n'arrivait d'ailleurs pas à se sortir l'image de la tête : le visage déterminé de Hávardur, le mystérieux Finnbogi dont il avait parlé... De qui pouvait-il s'agir ?

Tous ces éléments le mettaient mal à l'aise. Peut-être qu'un terrible crime avait été commis dans le passé, un crime qui aurait sombré dans l'oubli. Mais il fallait mettre ça entre parenthèses, au moins pour le moment.

Il décida quand même de passer chez Hersir pour lui raconter son entretien. Ce fut sa femme qui lui ouvrit.

– Ari, que nous vaut le plaisir ? lança Rósa.

D'humeur légère, elle tenait à la main une tasse d'expresso au parfum puissant. Au loin, une radio diffusait de vieilles chansons de variété islandaise.

– Hersir est absent, ajouta-t-elle avant qu'il n'ait le temps de lui poser la question.

– Je vois. J'avais l'intention de...

– Entrez, vous prendrez bien un petit café. Il est au travail.

– J'en viens, je ne l'ai pas vu.

– Il est à l'hôpital, pas à la maison de retraite. Il lui arrive de prendre une garde de temps en temps, quand on a besoin de lui. Il ne devrait plus tarder, vous voulez que je l'appelle ?

– Non, non, il n'y a rien d'urgent. Mais je veux bien un café, en attendant.

– Un expresso ?

Il hocha la tête.

– Alors, que pensez-vous de notre établissement ? demanda-t-elle lorsqu'ils se furent assis.

– Impressionnant. Le vieux collège était à l'abandon depuis longtemps, si je ne m'abuse.

– En effet. Ce projet, c'était le rêve de Hersir, et si on se débrouille bien, il pourrait se révéler très rentable, bien que les débuts aient été difficiles. Les patients arrivent au compte-gouttes, et nous avons enfin signé un accord avec les pouvoirs publics. Je pense que le plus dur est derrière nous. Nous allons pouvoir embaucher du monde et participer au développement de la ville.

Elle but une gorgée de café puis ajouta :

– Je suis si heureuse d'avoir pu apporter ma pierre à l'édifice, même indirectement. D'avoir aidé à faire de ce rêve une réalité, ou du moins à… nous sauver de la banqueroute.

– C'était un risque ?

Rósa réfléchit une seconde, puis elle répondit :

– À vrai dire, c'était même une question de jours. Vous savez, ce n'est pas une mince affaire de monter un projet d'une telle envergure, surtout dans une petite communauté comme la nôtre.

– Mais tout est bien qui finit bien ?

– On peut dire ça, acquiesça-t-elle.

– Vous faites quoi dans la vie, en dehors de ça ?

– Je dirige une petite galerie en ville, du moins en ce moment. J'ai suivi des études d'art et j'ai toujours travaillé dans ce domaine. Comme vous le savez peut-être, ma famille maternelle est de la région. Mais je n'avais jamais vécu à Siglufjördur. Mon mari a toujours aimé cette ville, on y venait très régulièrement. Il adore passer du temps dehors, faire du ski. Par ailleurs, les amateurs de culture se plaisent ici, les initiatives ne manquent pas. J'écris, aussi. Un ouvrage sur l'art dont j'espère qu'il servira à l'enseignement dans les écoles. Siglufjördur est un lieu idéal pour ce genre d'activités, c'est si calme et tranquille !

– Vous connaissez peut-être Gudjón Helgason ?

– Et comment ! C'est l'un des artistes les plus intéressants qui aient séjourné dans notre petite ville, je crois. Vous possédez l'une de ses œuvres ?

Ari secoua la tête, amusé.

– Je ne collectionne pas vraiment les œuvres d'art, c'est juste que je l'ai croisé l'autre jour. Il se baladait en pleine nuit.

Rósa laissa échapper un petit rire.

– Je le reconnais bien là. Il n'est pas…

… *comme les autres*, compléta Ari mentalement.

– Disons qu'il est un peu à part, reprit-elle.

– Mais il ne ferait pas de mal à une mouche ? fit Ari, que l'homme intriguait toujours.

– Certainement pas. Il a quelque chose à se reprocher ?

– Non, non. Je ne crois pas, répondit Ari sans préciser sa pensée.

Rósa posa sa tasse, jeta un rapide coup d'œil dedans, puis elle releva les yeux vers Ari.

– Je suis navrée de vous faire perdre votre temps. On ne peut jamais dire avec Hersir, ce n'est pas l'homme le plus ponctuel au monde. Qu'est-ce que vous lui vouliez ? Je peux peut-être vous renseigner ?

– J'en doute. Mais comme je vous l'ai dit, ça peut attendre. C'est au sujet d'un de ses patients.

– Ah ?

Ari hésita, puis décida finalement de lui faire part de ses préoccupations.

– Il s'appelle Hávardur.

– Hávardur ? s'exclama-t-elle, reconnaissant visiblement le prénom.

– Vous voyez de qui je parle ?

– Très bien, oui. J'ai passé un peu de temps avec lui dans notre centre de soins. Il a ses bons jours.

– Et d'autres moins, d'après ce que j'ai compris.

Elle hocha la tête.

– Vous pourriez peut-être m'en dire un peu plus sur lui, sur sa jeunesse ?

– Hmm… Je ne suis pas sûre. Mes parents auraient été mieux placés pour vous renseigner, ils connaissaient tout le monde. Il est de Siglufjördur, bien sûr. Il a un fils en ville, et je crois qu'il a travaillé à la bibliothèque pour l'essentiel de sa vie. Si ma défunte tante avait eu toute sa tête, ils auraient peut-être pu faire un peu mieux connaissance au centre avant qu'elle ne meure, et je ne doute pas qu'elle m'aurait raconté quelques anecdotes à son sujet. Enfin... Cette génération est petit à petit en train de disparaître. Et on ne peut pas dire qu'on fasse de gros efforts pour préserver le passé.

– Je suis d'accord.

– Le quotidien accapare tout notre temps, ajouta-t-elle avec un soupir.

– En tout cas, c'est une magnifique maison que vous avez là.

– Nous en avons une autre dans la capitale. C'est rassurant d'avoir une deuxième option si jamais les affaires ne prennent pas. Mais je suis plutôt optimiste à présent. Parfois, les choses s'arrangent d'elles-mêmes, comme si le bon Dieu se mettait de notre côté.

Ari avait abandonné le Tout-Puissant depuis bien longtemps. Il avait perdu ses deux parents alors qu'il n'était encore qu'adolescent, et son cursus de théologie n'était pas parvenu à faire renaître sa foi. Il avait cependant la sensation que l'Église jouait un rôle plus important ici qu'à Reykjavík, dans cette communauté où le pasteur pansait les plaies de tous. La petite ville avait en outre toujours dépendu de la pêche et, lorsque leurs proches partaient en mer, beaucoup devaient se rassurer en se disant que Dieu les protégerait.

Ari avait terminé son café.

– Il va falloir que j'y aille, mais...

– Vous voulez que je lui téléphone ? Il est toujours disponible lorsqu'il s'agit de ses patients. Même s'ils sont déjà entre de bonnes mains, bien sûr, notamment avec quelqu'un comme Ugla qui prend soin d'eux au quotidien. Vous la connaissez ?

– Vaguement, répondit Ari en essayant de rester impassible.

Il se leva.

– Dois-je transmettre un message à Hersir quand il reviendra ? demanda Rósa.

– Eh bien... Je voulais juste lui dire que j'avais discuté avec Hávardur et... oui, peut-être lui poser quelques questions au sujet d'un certain Finnbogi.

– Finnbogi ? Qui est-ce ?

– C'est justement ce que j'aimerais savoir...

– Que s'est-il passé avec Hávardur ? Il a fait quelque chose de mal ? Pauvre homme.

Ari laissa échapper un petit rire.

– Non, non, pas du tout. Il a juste gribouillé quelque chose sur le mur de sa chambre. Ugla m'en avait informé car cela s'est passé immédiatement après qu'on a retrouvé le corps d'une adolescente.

La curiosité de Rósa semblait avoir été piquée.

– Ah oui, vous en aviez parlé à Hersir... Qu'est-ce qu'il a écrit au juste ? Quelque chose de... ?

Elle ne termina pas sa phrase.

Ari haussa les épaules.

– Sans doute rien de très sensé, mais je ne veux pas passer à côté d'une piste.

Toujours assise, elle le fixait du regard, visiblement déterminée à ne pas le laisser partir avant qu'il lui ait tout raconté. Il n'y avait par ailleurs rien à cacher.

– Il a écrit : *Elle a été tuée*.

– Elle a été..., répéta Rósa avant de s'interrompre, le visage soudain pâle. Pardon, vous avez dit ?

– *Elle a été tuée*. Il a écrit ces mots sur son mur, plusieurs fois même. Ça a été assez désagréable pour

Ugla, je comprends qu'elle ait pris contact avec moi. Enfin, Dieu sait de quoi parlait Hávardur. Ça pourrait être quelque chose qu'il a vu à la télé, ou un vieux souvenir qui aurait refait surface.

Rósa avait cessé de l'écouter. Elle reposa sa tasse un peu brusquement, et Ari sursauta.

– Je suis désolée, je suis fatiguée, dit-elle d'une voix tremblante.

– Vous n'avez pas à vous excuser.

Elle se leva.

– Hersir est en retard. Excusez-moi. Je lui demanderai de vous rappeler.

Elle voulait visiblement se débarrasser d'Ari, qui restait toutefois immobile. Il se passait quelque chose d'étrange. Ces mots avaient radicalement changé son attitude. *Elle a été tuée...*

Rósa connaissait-elle le secret derrière cette inscription ? Ou savait-elle quelque chose à propos d'Unnur ?

– Vous le connaissiez bien, Hávardur ? demanda-t-il.

– Pas du tout. Vraiment pas, répondit-elle, agitée.

Ari l'observa. Elle avait le regard fuyant, et sa voix tremblait toujours.

– Et ce message : *Elle a été tuée*. D'après vous, qu'est-ce que ça peut vouloir dire ?

– D'après moi ? Comment suis-je censée le savoir ? fit-elle d'un ton cette fois abrupt. Excusez-moi, je ne voulais pas m'emporter mais... je ne sais évidemment pas ce qu'il voulait dire. C'est sans doute sa sénilité, non ? Vous ne croyez pas ?

– C'est ce que je me suis dit.

Elle s'efforça de sourire en se dirigeant vers le vestibule. Ari la suivit.

– Vous transmettrez mon message à Hersir ?
– Oui, oui, sans faute.
Ari la salua et sortit.

33

Allongé sur son canapé, Ari était profondément endormi lorsque son téléphone se mit à sonner. Un numéro inconnu qui cherchait à le joindre à vingt-deux heures passées le soir de Pâques... C'était pour le moins étonnant.

Dehors, la tempête de neige faisait rage, et le vent était d'une telle puissance qu'il faisait craquer le bois de la vieille maison. Kristín avait eu le nez fin de fuir à temps ce chaos.

– Allô ?

– Ici Svavar, lança l'homme au bout du fil, d'un ton sec.

Il fallut à Ari quelques secondes pour se réveiller tout à fait et se souvenir de qui il s'agissait. Le père d'Unnur s'était montré particulièrement désagréable lors du petit déjeuner qu'il avait partagé avec lui à l'hôtel. Et la conversation à venir s'annonçait tout aussi déplaisante.

– Qu'est-ce que c'est que ça, Ari ? Vous n'êtes pas capable de faire votre travail correctement ? siffla-t-il.

Ari décela dans sa voix une pointe d'accent américain qu'il n'avait pas remarquée la première fois qu'ils s'étaient rencontrés.

– Excusez-moi, Svavar, mais c'est complètement déplacé. C'est un jour férié, rien ne vous donne le droit de me téléphoner à une heure pareille avec ce genre de remarques…

Svavar l'interrompit :

– Ma fille a été assassinée, j'ai *entièrement* le droit de vous déranger quand bon me semble, vous entendez ? Vous ne faites pas votre boulot ! Quand allez-vous arrêter ce type ?

– Quel type ?

– Bjarki, voyons !

– Bjarki ? Pourquoi diable devrais-je l'arrêter ?

– C'était son prof !

– Le prof de qui ?

– De ma fille, enfin ! cria Svavar.

Passant outre son agressivité, Ari resta coi face à cette affirmation.

– Son prof ?

Bjarki n'en avait pas dit mot, il n'avait même pas évoqué le fait qu'il connaissait Unnur.

– Son prof d'histoire. À ce qu'on m'a dit. Visiblement, vous n'étiez pas au courant. Voyez-vous, j'ai décidé de réunir toutes les informations possibles au sujet des habitants de cet immeuble au bas duquel elle a été retrouvée. Ce que vous auriez dû faire. Un travail bâclé, cette enquête. C'est incroyable ! Vous comptez l'arrêter, ou bien faut-il que j'aille lui parler moi-même, à ce type ?

– Calmez-vous. Je vais tirer ça au clair. Bjarki se trouvait à Reykjavík quand votre fille est morte, ne faites rien que vous pourriez regretter.

– Non, non, bien sûr que non. Je veux juste que vous l'arrêtiez et que vous l'interrogiez, répondit Svavar, un peu plus apaisé.

– Je vais m'en occuper. Merci de m'avoir transmis l'information. Je vous laisse à présent, on se rappelle demain.

– OK, merci. OK.

Ari se rallongea sur le canapé et ferma les paupières. Il avait décidé de dormir dans le salon, la lumière allumée, bercé par le sifflement du vent. Làhaut, dans la chambre plongée dans les ténèbres, il craignait que la solitude n'ait raison de lui.

Bjarki pouvait attendre le lendemain.

Lundi de Pâques

34

Bjarki.

Ari se réveilla en pensant à l'historien et à Unnur. Installé sur le canapé, il frissonnait. La tempête ne s'était pas calmée durant la nuit.

Jenný s'était retrouvée devant l'immeuble de Bjarki.

Peut-être l'avait-elle vu sortir ou entrer. S'il avait été le professeur d'Unnur, il était probablement aussi celui de Jenný. Elle le connaissait forcément.

Évidemment, elle avait aussi bien pu apercevoir Jóhann ou Jónína, ou même quelqu'un d'autre, mais ce lien avec Bjarki était pour le moins troublant. Restait à déterminer si son alibi était aussi solide qu'il y paraissait.

Il téléphona à Ögmundur et, bien qu'il fût à peine huit heures, lui demanda de vérifier sur-le-champ si Bjarki était effectivement à Reykjavík au moment de la mort d'Unnur. Ari n'avait eu aucune raison d'en douter, et il n'avait pas pour habitude de demander à tout un chacun de justifier ses déplacements dans une affaire de suicide.

Une heure plus tard, son collègue le rappela. Après quelques coups de fil à la capitale – accueillis pour le moins froidement étant donné l'heure –, il lui confirma que Bjarki disait la vérité.

– Il donnait une conférence ce soir-là, et il a passé le reste de la nuit à faire la fête. Il n'a pas pu regagner Siglufjördur en aussi peu de temps. Et Ari, nous savons très bien l'un comme l'autre que cette fille n'a pas été assassinée.

Changeant de sujet, il ajouta :

– Tu as regardé la météo ? Ça s'annonce mal. On dit qu'il faut s'attendre à une coupure de courant. Il neige tellement, je n'ai jamais vu ça !

Un vrai gamin de la ville, songea Ari.

Emmitouflé dans sa doudoune, un bonnet enfoncé jusqu'aux yeux, Ari avançait, non sans peine, contre le vent. Il avait toujours pris un certain plaisir à lutter contre les forces de la nature. Avec la neige qui s'était accumulée durant la nuit, la visibilité était presque nulle et la route impraticable pour les voitures.

Il remonta la côte qui menait à la maison des parents de Jenný. Ce fut sa mère qui l'accueillit, visiblement surprise. Elle n'attendait sans doute pas de visite par un temps pareil.

Il se présenta, criant presque pour se faire entendre par-dessus le hurlement du vent.

– Je suis désolé de vous déranger. Je voulais juste poser quelques questions à votre fille au sujet d'Unnur.

– Entrez, entrez ! Ne restez pas là.

Lorsque Ari eut pénétré dans le vestibule et refermé la porte derrière lui, elle ajouta :

– Vous pouvez lui parler, bien sûr. Mais elle est encore sous le choc. Ça se comprend. Un suicide, dans une si petite communauté, c'est très difficile à gérer.

– C'est le moins qu'on puisse dire. Je peux revenir plus tard, si cela vous arrange, proposa-t-il – à contrecœur, car il voulait clarifier la situation au plus vite.

– Non, ça ira. Elle est dans sa chambre, je vais l'avertir. Je peux rester avec vous ? Son père n'est pas là, il est secouriste bénévole et il a été appelé pour une urgence. Un couple qui s'est retrouvé piégé par la neige à la sortie de la ville.

– Laissons Jenný en décider.

Celle-ci était apparue avant même que sa mère n'ait eu besoin de l'appeler. Elle semblait avoir entendu au moins une partie de la conversation.

– Je vais lui parler toute seule, maman, dit-elle. Ne t'inquiète pas.

Puis, se tournant vers Ari :

– Est-ce qu'on peut aller au poste de police ?

– Il est hors de question que tu sortes par ce temps-là, mon enfant, répliqua sa mère.

Sans répondre, Jenný enfila un manteau, ses chaussures, et elle se mit en route d'un pas vif, Ari sur ses talons. Une fois éloignée de la maison, elle ralentit pour lui laisser le temps de la rejoindre. Ils marchèrent un moment sans rien dire, puis Ari se lança :

– Je crois savoir qui vous avez vu, Jenný.

Derrière un mur, ils s'abritèrent du vent qui soufflait dans toutes les directions.

– C'était Bjarki ? demanda-t-il d'un ton affirmatif.

– Je…, balbutia-t-elle, la mine soudain sombre. Oui, c'est lui que j'ai vu. Comment…

– Peu importe, je le sais. Il faut m'avouer la vérité à présent.

– Je ne sais pas quoi vous dire, je ne suis pas sûre de vouloir vous parler de tout ça… Je n'ai pas envie d'avoir des problèmes, vous comprenez ? Je ne veux pas que mes parents apprennent... surtout pas. Je ne veux pas que qui que ce soit sache, asséna-t-elle.

La neige s'abattait sans relâche sur eux.

– Je ferai mon possible pour rester discret, Jenný. Je vous le promets. Mais si Bjarki a fait du mal à Unnur, je dois agir.

– Il n'est pas nécessaire que je sois mêlée à cette affaire ?

– Pas forcément, non.

– Vous croyez qu'il lui a fait quelque chose ? Qu'il l'a poussée du haut de l'immeuble ?

– Qu'en pensez-vous ?

Elle réfléchit.

– Non, impossible. Personne ne pourrait...

– Les gens sont capables de tout, Jenný. Ne l'oubliez jamais. Mais j'espère sincèrement que vous avez raison. Que s'est-il passé avec Bjarki ?

Elle demeura mutique un long moment, contemplant la tempête déchaînée. Ari s'efforça de faire preuve de patience, même si le froid commençait à devenir insupportable.

– Est-ce qu'on peut s'installer à l'intérieur pour en discuter ? lâcha enfin l'adolescente d'une voix tremblante.

– Allons-y.

Il mena la marche d'un pas déterminé. Ils avancèrent rapidement et en silence, escaladant les congères qui s'étaient formées par endroits sur le trottoir. Ari avait hâte de se mettre à l'abri pour entendre le récit de la jeune fille, qui semblait enfin vouloir lui dire toute la vérité. D'expérience, il savait qu'il ne fallait pas perdre de temps quand un témoin se décidait à parler.

Le poste de police était fermé à clé. Ögmundur aurait dû être là, mais il avait visiblement préféré rester chez lui plutôt que d'affronter la tempête. Cela mériterait une explication.

Jenný le suivit à l'intérieur. Il referma la porte et lui jeta un rapide coup d'œil. Elle paraissait terriblement mal à l'aise.

– Installons-nous dans la cuisine. Vous voulez un café ? proposa-t-il afin de faire retomber un peu la tension.

– Je veux bien, merci, dit-elle en s'asseyant.

Ari pendit son manteau à la patère. Noir d'ordinaire, il était entièrement couvert de neige. Encore vêtue du sien, Jenný restait muette, les yeux baissés sur la table.

Il prépara le café avec la nouvelle machine à expresso qu'il s'était décidé à acheter, sans toutefois avoir le cœur à jeter la vieille cafetière à l'italienne.

– Il n'en a pas l'air..., marmonna Jenný après avoir bu quelques gorgées pour se réchauffer. On ne dirait pas, mais c'est un sale pervers.

– Comment ça ?

– Je sais bien que je ne suis pas la première fille qu'il a essayé de draguer, lâcha-t-elle.

Ari sentit le malaise s'insinuer en lui, même s'il avait commencé à deviner de quoi il retournait. D'un coup, cet homme si courtois lui apparaissait sous un autre jour. Son attitude bienveillante, son sourire amical...

– Expliquez-moi tout.

– Il a remplacé notre prof d'histoire pendant deux mois à l'automne, et ça a commencé presque dès son arrivée. Il faisait attention de ne pas aller trop loin, c'était comme s'il avait de l'expérience en la matière. Il ne me parlait jamais vraiment en cours, mais dès qu'on était en dehors de la classe, il sautait sur la moindre occasion. On devait écrire une disserte par exemple, et comme je m'intéressais à l'histoire, il a proposé de m'aider après l'école. On s'est rencontrés une fois sans qu'il ne se passe rien, mais lorsqu'on s'est retrouvés la semaine suivante, il était un peu plus insistant... Il savait très bien comment s'y prendre.

– C'est allé plus loin ? demanda Ari.

Elle se tut un instant, puis répondit d'une voix faible :

– Je ne comprends pas pourquoi. Je l'aimais bien, et puis ça me gênait un peu de dire non, alors...

Ari l'interrompit :

– Vous n'avez pas à vous excuser ni à vous justifier, Jenný. Et surtout, vous n'avez pas besoin de m'en dire plus que nécessaire si cela vous met mal à l'aise. Tout ce que je me demande, c'est si Unnur a subi la même chose, et si c'est allé aussi loin...

Jenný se leva d'un bond. Non pas pour partir, plutôt comme si elle cherchait à reprendre son souffle, à se vider l'esprit.

– Prenez votre temps, ajouta lentement Ari.

– Ça a dû durer un mois, à peu près, répondit-elle d'une voix vacillante. Je n'ai rien dit à personne, j'avais trop honte, je regrettais. J'ai fini par cesser de lui répondre et il m'a laissée tranquille. Je continuais à le voir au lycée, bien sûr, et c'était affreusement gênant, mais j'ai fait avec. Il était glacial, il ne semblait pas du tout affecté par ce qui s'était passé. Je ne sais... Je ne sais pas pourquoi je n'ai rien dit, mais... Peut-être qu'Unnur serait encore en vie si...

– Jenný, fit Ari en pesant ses mots, d'après nos informations, Bjarki était à Reykjavík au moment où elle est morte. Vous avez des raisons de croire que ce serait faux ? Qu'il aurait pu lui faire du mal ?

Les lèvres de la jeune fille se déformèrent en un sourire si triste que le cœur d'Ari se serra.

– Du mal ? Qu'est-ce que vous voulez dire ? siffla-t-elle, presque sur un ton de reproche. J'ignore s'il l'a tuée, s'il l'a poussée de ce balcon. Mais si elle est passée après moi, alors oui, bien sûr qu'il lui a fait du mal ! J'aurais dû me plaindre à quelqu'un, au lieu de ça, j'ai essayé de tout oublier. Je m'attendais à ce qu'il quitte simplement la ville. Moi-même, j'allais partir, si tout se passait bien... Et lui, il devait se rendre au Canada en septembre. J'espérais qu'il ne remettrait plus jamais les pieds ici.

– Vous voulez dire... ?

– Exactement ce que je suis en train de vous dire ! cracha-t-elle. On ne se comporte pas comme ça ! Il profitait de sa position. Il était... oui, menaçant. J'ai eu l'impression qu'il cherchait à m'intimider quand je lui ai dit que ça ne pouvait pas marcher. Il m'a laissée en paix, finalement, mais peut-être... Peut-être qu'il s'est simplement tourné vers une autre.

– Qu'est-ce qui vous fait penser que ça aurait pu être Unnur ?

– Elle est morte là-bas, non ? Devant chez lui ! Elle est tombée de son balcon !

Ari hocha la tête.

– De tous les immeubles de la ville, elle aurait choisi celui-là au hasard ? ajouta Jenný. Et puis, elle n'était pas spécialement populaire. Timide, sensible, exactement le genre de filles auxquelles les hommes comme lui s'attaquent. Elle n'avait aucune amie à qui se confier... Vous voyez ?

– Je vois.

– Vous vous rappelez, lorsque nous nous sommes rencontrés la première fois, je vous avais dit qu'Unnur était *bien trop naïve* ? Vous comprenez à présent ce que je voulais dire. J'avais envie de tout vous déballer, mais... je n'en ai pas eu la force...

Ari acquiesça.

– Il vous a déjà emmenée dans son appartement ?

– Deux fois. Toujours le soir. On empruntait la porte de derrière, pour éviter que ses voisins nous remarquent.

Elle fronça les sourcils.

– Qu'est-ce qu'il disait, déjà ? Que c'était rien qu'un couple de vieilles commères.

Jenný était restée debout pendant tout ce temps. La neige qui gouttait de son manteau avait formé une flaque par terre. Ari ne voyait plus de raison de poursuivre l'entretien. L'urgence était de rendre visite à Bjarki.

– Merci beaucoup, conclut-il. Je crois que cela me suffira pour le moment.

– Vous... Vous n'allez pas me mêler à cette affaire, n'est-ce pas ? demanda-t-elle avec prudence, le regard fuyant.

– Je ne pense pas que ce soit nécessaire, dit-il. En revanche, il faut que j'aille interroger Bjarki, comme vous pouvez l'imaginer. Il n'enseigne plus dans votre lycée ?

– Non, répondit-elle tout bas. Je ne voulais pas... J'aurais dû parler plus tôt. J'espère qu'Unnur n'est pas tombée dans ses griffes, j'espère...

– Mais vous le craignez.

Elle acquiesça.

– Je m'en occupe, dit Ari. N'ayez crainte. Je vous recontacte s'il y a du nouveau.

Il la raccompagna à la porte.

– Vous voulez que je vous reconduise ?

– Non, ça ira. Mais il y a encore une chose... Il m'avait donné un téléphone portable. Un truc assez vieux, bon marché.

– Dans quel but ?

– Pour qu'on puisse s'envoyer des textos sans que ça aille plus loin, comme il disait. J'ai accepté, je ne sais pas trop pourquoi. Après réflexion, ça faisait sans doute partie de son plan.

– Vous l'avez encore ?

Elle secoua la tête.

– Il m'a demandé de le lui rendre. Je n'avais pas du tout envie de garder ses messages, alors je ne me suis pas fait prier. Je n'aurais pas dû ?

– Non, non, ça ne change rien, mentit Ari.

Il aurait aimé consulter ce téléphone, détenir des preuves tangibles. À présent, il devait rendre visite à Bjarki avec pour seule arme le témoignage de la jeune fille, en espérant que cela suffirait pour obtenir la vérité.

35

– Salvör, savez-vous si Unnur possédait un autre portable ? demanda Ari.

Il se tenait devant sa porte, luttant contre les bourrasques de neige qui lui fouettaient le visage.

– Un autre portable ? Comment ça ? fit-elle d'une voix hésitante.

– Un deuxième téléphone.

– Je… je ne pense pas, ça me semble peu probable. Elle me l'aurait dit. Et puis elle était très contente de son téléphone, c'est son père qui le lui avait acheté aux États-Unis. Pourquoi ?

– Si jamais c'était le cas, où l'aurait-elle rangé ?

Ari repensa soudain au cambriolage de la maison de Salvör. Il retraça dans sa tête le fil des événements. Aucun doute : Bjarki était bien rentré à Siglufjördur lorsque cela avait eu lieu. Il avait lui-même avoué avoir écourté son séjour dans le Sud. *Dans le but de dissimuler des preuves ?*

– Entrez, je vais chercher, dit-elle sans poser plus de questions.

S'installant à la table de la cuisine, Ari patienta. Il flottait dans l'air comme une étrange quiétude. Tout semblait parfaitement en ordre dans la maison, mais le chagrin demeurait palpable.

Il se laissa porter par ses pensées. Il fallait qu'il réunisse au plus vite un maximum de preuves et d'informations avant de confronter Bjarki, mais sa visite à Rósa, la femme du médecin, continuait de le hanter. Il profita de se retrouver seul pour téléphoner à Ugla.

– Ari ? fit-elle d'une voix étonnée. On ne devait pas se retrouver ce soir ?

– Si, si, je viens chez toi à vingt heures. Je voulais juste te poser une question.

– Tout va bien ?

– Oui, oui. Je n'ai pas le temps de m'ennuyer.

– Il faut que tu te reposes, Ari. Laisse ton collègue...

– Ögmundur ?

– C'est ça. Laisse-le prendre la relève. Ménage-toi un peu.

– J'y penserai, ironisa-t-il. Dis-moi, j'ai discuté avec la femme de Hersir hier soir...

– Ah oui, Rósa. Je l'aime beaucoup. C'est une femme adorable.

– Je n'en doute pas, mais quand je lui ai raconté l'histoire de Hávardur, elle a eu une réaction tout à fait inattendue.

– Qu'est-ce que tu veux dire ?

– C'est dur à décrire. Elle semblait bouleversée. Vraiment bouleversée.

– Pourquoi ?

– Aucune idée. Est-ce qu'elle connaissait Unnur ?

– Je l'ignore.

– Si j'ai bien compris, elle ne connaît pas très bien Hávardur non plus.

– En effet, je ne crois pas, acquiesça Ugla.

– Je ne sais vraiment pas…

Ugla l'interrompit :

– Peut-être qu'elle a peur.

– Peur ? répéta Ari, surpris.

– Pour Hersir, pour leur établissement. Après toute l'énergie et les finances qu'ils ont investies dans ce projet, elle craint peut-être pour leur réputation. Qu'un de leurs patients écrive ce genre de choses sur un mur, ça ne renvoie pas une très bonne image.

Ari réfléchit. Avant qu'il ait le temps de formuler une réponse, Ugla ajouta :

– Je n'en ai évidemment parlé à personne, à part toi. Je suis tenue au secret médical, comme tu le sais. Elle n'a pas à s'inquiéter de ça.

Ari n'était pas convaincu, mais il décida de garder ses réserves pour lui. L'explication lui semblait un peu superficielle. Il devait y avoir quelque chose de plus profond derrière la réaction de Rósa, et il ne lâcherait pas avant d'avoir éclairci l'affaire.

Il salua Ugla et raccrocha au moment où Salvör réapparaissait, l'air sombre.

– Je n'ai trouvé aucun téléphone, Ari.

– Est-ce qu'il y aurait un autre endroit, un recoin que vous auriez omis d'inspecter ? Une bonne cachette qu'elle avait quand elle était petite ?

Le visage de la femme s'illumina d'un coup.

– Une cachette, oui.

– Où ça ?

– À la cave. Elle adorait traîner là-bas et y gardait tout un tas de babioles quand elle était enfant. Dans une petite niche derrière nos vieilles bouteilles de lait. Il me semble même qu'elle ignorait…

– Qu'elle ignorait que vous connaissiez l'existence de cette cachette ? devina Ari.

– En effet.

Il la suivit dehors et ils empruntèrent un escalier pour rejoindre le sous-sol. Plongée dans les ténèbres, la pièce, au plafond bas, avait quelque chose de particulièrement lugubre dans la tempête.

– Il y a un interrupteur par ici, dit Salvör.

Un instant plus tard, une ampoule nue s'alluma au plafond.

– Voici l'étagère, reprit-elle avec un geste de la main sur sa gauche.

Elle s'accroupit pendant qu'Ari la suivait du regard. Déplaçant d'anciennes bouteilles de lait en verre, vestiges d'un monde révolu, elle se pencha en avant.

– Il y a quelque chose, dit-elle avant de sortir un petit téléphone portable du renfoncement.

Elle ne semblait pas en croire ses yeux. La surprise, la déception, la crainte, toutes ces émotions se mêlaient sur son visage dans la lumière blafarde du vieux sous-sol.

36

Au cours de sa carrière encore brève, Ari avait connu des instants difficiles à oublier. Et ce, rarement pour des raisons positives.

La découverte du corps d'Unnur la nuit du Jeudi saint était de ceux-là. Et la lecture des messages figurant dans ce mystérieux téléphone également.

De retour au poste de police, il avait rechargé l'appareil, s'était installé à son bureau et en avait consulté le contenu. Aucune photo, rien que du texte. Du texte qui racontait une histoire qui emplit Ari d'effroi.

L'histoire d'une jeune fille à l'avenir plein de promesses qui avait pourtant pris la terrible décision de se suicider.

Et à présent, il devait retourner voir Salvör pour essayer de mettre en mots cette insupportable réalité.

37

Ari quitta le poste de police. La chaussée était encombrée de neige et le vent ne cessait de gagner en puissance. Une fois dehors, il eut la sensation d'être seul au monde ; c'était d'ailleurs probablement le cas, même s'il était difficile d'en juger dans les ténèbres blanches qui le cernaient.

Il s'immobilisa en entendant son téléphone sonner quelque part au fond d'une poche de son manteau. Faisant demi-tour, il retourna se réfugier à l'intérieur du poste.

– Ici Thormódur Hávardarson, quelqu'un m'a appelé de ce numéro, dit la voix au bout du fil.

Ari avait complètement oublié qu'il avait cherché à joindre le fils de Hávardur afin de l'interroger sur le mystérieux Finnbogi que le vieil homme avait mentionné. Après les révélations sur l'affaire Unnur, cet appel téléphonique était passé au second plan. Il ne voulait pas faire attendre Salvör, mais il s'accorda une seconde pour discuter avec Thormódur.

– Bonjour, ici Ari Thór, de la police. Merci de m'avoir rappelé.

– Je vous en prie. J'utilise assez peu mon téléphone, il traîne toujours quelque part en mode silencieux…

– J'ai juste une question. Finnbogi : vous connaissez quelqu'un qui s'appelle comme ça ?

– Finnbogi ? Non, je ne crois pas. À moins que…

Il ne termina pas sa phrase.

– Et votre père ? demanda Ari.

– Je ne sais pas… Maintenant que vous le dites, ça m'est familier. Je ne me souviens pas pourquoi…

Ari se prépara à ressortir.

– Rappelez-moi si quelque chose vous revient.

– Oui, oui, sans faute.

Ari raccrocha et se dirigea vers la rue Grundargata, d'un pas aussi vif que possible compte tenu des circonstances.

Salvör lui ouvrit rapidement la porte, la mine soucieuse. Elle l'invita à s'asseoir dans le salon plongé dans une demi-obscurité, et alors qu'il s'apprêtait à lui annoncer la nouvelle, l'électricité se coupa quelques secondes avant de revenir. Encore vêtu de son manteau, il frissonnait.

– J'ai fouillé le téléphone, Salvör. Vous n'avez jamais vu votre fille avec ?

– Non. Je ne comprends pas bien. Elle avait un Smartphone dernier cri, pourquoi vouloir utiliser cette antiquité ?

Ari jeta un rapide coup d'œil par la fenêtre avant de répondre, soudain envahi du même sentiment de claustrophobie qui l'avait assailli lors de son premier hiver à Siglufjördur.

– Elle l'utilisait pour échanger des textos avec un homme. Je ne peux malheureusement pas vous le rendre tout de suite, il faut que nous l'analysions plus en détail, mais leurs derniers messages étaient pour le moins intrigants…

Il réfléchit un instant à la bonne formulation, espérant presque que Salvör l'interrompe, intervienne, mais elle demeurait pétrifiée sur son siège, les yeux rivés sur lui.

– Salvör, tout semble indiquer qu'ils entretenaient une relation amoureuse, et que celle-ci s'est mal terminée.

Elle resta muette.

– Elle l'a quitté, ou du moins elle a essayé, mais il… il refusait de la laisser partir.

– Qui ça ? Qu'est-ce que… ? balbutia Salvör.

Ari voulait terminer son exposé le plus rapidement possible. Il fallait qu'il lui transmette ces informations, aussi lourdes de conséquences soient-elles.

– Il la menaçait, voyez-vous… de publier des photos d'elle si elle le quittait.

– Des photos ? souffla Salvör, incrédule, avant de comprendre. Vous savez qui c'était ?

– Le numéro à qui elle adressait ses messages n'est pas identifié, mais son prénom apparaît dans quelques-uns des textos. Il s'appelle Bjarki.

– Bjarki ?

– Il était remplaçant dans son lycée. Et il habite dans l'immeuble où elle…

– Bjarki ? L'historien ?

Elle avait presque crié ces mots qui restèrent suspendus en l'air une seconde. Ari hocha la tête.

– Ils étaient… Ils étaient *ensemble* ?

– Il semblerait.

– Et vous croyez qu'il a pu la pousser ? lâcha-t-elle, la voix nouée par un sanglot.

– Je ne pense pas. Il était à Reykjavík lorsque c'est arrivé.

– Mais vous allez l'arrêter, n'est-ce pas ?

– Je vais lui parler.

38

Sur le chemin de chez Bjarki, Ari perçut le vague écho de sa sonnerie de téléphone dans la poche de son manteau. Passant devant la boulangerie, il se glissa à l'intérieur pour s'abriter et répondre. Le jeune caissier de la boutique écarquilla les yeux en le voyant entrer, couvert de neige. Le commerce était désert, et il était à vrai dire étonnant qu'il ne soit pas fermé.

Ari s'installa près de la fenêtre, essayant de distinguer la rue Adalgata à travers la tempête, puis il décrocha.

– Bonjour, Ari. C'est encore Thormódur. Je viens de me rappeler qui est Finnbogi.

– Dites-moi ?

– C'était notre médecin de famille à l'époque. Il a longtemps officié à Sigló. Papa et lui étaient bons amis, ils étaient tous les deux membres du Lions Club et de la franc-maçonnerie.

– Il est mort ?

– Depuis longtemps.

Ari se leva.

– Merci, je vais vérifier ça.

39

Ari et Ugla s'étaient donné rendez-vous pour le soir même, et il ne voulait pas la déranger avant, ni se montrer trop enthousiaste et risquer de mettre en péril le doux équilibre qu'avait retrouvé leur relation. Même s'il avait hâte de la voir, une sensation qu'il appréciait tout particulièrement. Un début prometteur, en tout cas. Il ne connaissait que trop bien la fragilité d'un tel sentiment. Ugla s'était fermée pendant des années. À présent, la porte s'était de nouveau entrouverte.

Il décida néanmoins de remettre sa visite à Bjarki à un peu plus tard et de se rendre à la maison de retraite, pour voir Hávardur. Baissant la tête, il replongea dans le chaos qui régnait à l'extérieur. La côte semblait plus abrupte que jamais, mais il parvint rapidement à rejoindre le bâtiment. Il croisa Ugla dans le couloir.

– Ari ? Qu'est-ce que tu fais là ? dit-elle, une pointe de joie dans la voix.

– Je voulais juste te dire un mot, ainsi qu'à Hávardur.

– Il fait un temps de tous les diables dehors. Je n'ai jamais vu ça. La lumière n'arrête pas de clignoter.

J'ai eu Hersir au téléphone tout à l'heure, il m'a dit qu'il craignait une coupure d'électricité.

– C'est ce qu'on annonce, répondit Ari. Dis-moi, tu te rappelles que Hávardur a mentionné un certain Finnbogi l'autre jour ?

Ugla hocha la tête.

– C'est son ancien médecin, précisa-t-il. Je ne suis pas sûr de moi, mais j'ai eu une idée...

Ugla l'interrompit :

– Tu sais quoi ? Je suis contente que tu sois venu. Je voulais te parler de quelque chose ce soir, ça m'est venu d'un coup après notre conversation au sujet de la femme de Hersir.

– Je t'écoute.

– Je ne sais pas si ça a de l'importance, mais Rósa a passé beaucoup de temps auprès de Hávardur cet hiver.

– Comment ça, beaucoup de temps ?

– Sa tante logeait dans la même chambre que lui. Elle était très âgée et n'avait plus toute sa tête. Il s'agissait de notre première patiente, d'une certaine manière. Elle était née et avait grandi à Siglufjördur, son mari était le plus grand armateur de la région.

– Quand est-elle morte ?

– Il y a deux mois environ. Depuis, Hávardur est seul dans sa chambre, comme tu l'as remarqué. Mais ça ne va pas durer, j'ai cru comprendre que Hersir allait bientôt accueillir de nouveaux résidents.

Ari réfléchit avant de poser la question suivante.

– La mort de cette tante... Est-ce qu'elle a été soudaine ?

– Soudaine ? Comment ça ?

– Est-ce que vous l'avez vue venir ?

La vraie question qu'il avait envie de lui poser était : est-ce qu'elle était *suspecte* ? *Elle a été tuée*, avait écrit Hávardur sur le mur, deux mois après que la femme qui avait partagé sa chambre était morte. Et dans la foulée d'un autre décès dont la nouvelle s'était répandue comme une traînée de poudre. Mais c'était peut-être juste une idée en l'air…

Ugla ne répondit pas immédiatement.

– Ça a été plutôt soudain, oui. Je ne suis pas médecin, mais elle semblait en forme, tu vois. À sa manière. Elle ne disait pas grand-chose, et elle était alitée depuis longtemps, mais je m'attendais à ce qu'elle tienne encore un moment.

– Qu'a dit Hersir lorsqu'elle est morte ?

– Ça n'a pas semblé le surprendre, fit-elle, avant d'ajouter d'une voix presque tremblante : J'ai même cru comprendre que ça l'arrangeait un peu… Si je puis dire…

– Comment ça ? demanda Ari, une image de plus en plus nette à l'esprit.

– Elle était son unique héritière.

– Qui ça ? insista Ari, qui connaissait parfaitement la réponse.

– Rósa. La vieille femme n'avait pas d'enfants. Ce n'était un secret pour personne, que Rósa allait hériter d'elle. Maintenant, ils sont… plutôt très riches, je crois bien. L'argent des quotas de pêche.

Ari garda le silence tandis qu'il complétait dans sa tête les éléments manquants du puzzle.

– Intéressant, souffla-t-il finalement.

Il ne parvenait pas à penser à autre chose qu'à ces mots gribouillés par le vieil homme sur le mur de sa chambre.

Elle a été tuée.

– Ari, murmura Ugla. Ari… Tu ne crois quand même pas…

Il lui laissa le temps de formuler sa pensée.

– Tu crois qu'ils ont pu… ?

– Ils ? D'après toi, ils seraient tous les deux impliqués ?

À présent, c'était Ugla qui tergiversait.

– Non, je connais Hersir depuis longtemps. C'est quelqu'un d'honnête, il est digne de confiance. Et il est médecin. Un médecin ne pourrait jamais…

– Non, jamais, ironisa Ari.

– C'est impossible. Impossible qu'il ait commis une telle chose.

Ugla n'avait pas besoin d'ajouter quoi que ce soit. Ari savait ce qu'il lui restait à faire.

40

– On annonce une coupure de courant, dit Ari, assis face à Hersir dans la petite salle d'interrogatoire du poste de police. Avec un peu de chance, il va se maintenir le temps que nous discutions. Ça ne devrait pas prendre très longtemps.

– Je ne comprends pas pourquoi vous me traînez ici un jour férié, par un temps pareil.

Le médecin demeurait calme et courtois, comme s'il s'agissait là d'un simple malentendu, toutefois Ari percevait la crainte et la nervosité sous son masque de bienséance. La visite à Bjarki devrait encore attendre. Une affaire tout aussi sérieuse se jouait à cet instant.

– Ce n'est pas bien loin.

– Quoi ?

– Le poste de police est à deux pas de chez vous.

– Le temps est déchaîné dehors !

– À Siglufjördur, on appelle ça l'hiver.

Hersir se tut et baissa la tête.

– Je voulais m'entretenir à nouveau avec vous au sujet de ce que Hávardur avait écrit sur le mur de sa chambre, reprit Ari.

– Je vois... Je croyais que tout cela était réglé. Il n'en a jamais reparlé.

– Donc pas besoin de le prendre au sérieux ?

Hersir hésita.

– Je ne crois pas. C'est toujours difficile de juger avec des patients comme lui, on ne peut pas tous les mettre dans le même panier, vous voyez. La maladie se manifeste de manière différente selon les gens et...

Ari l'interrompit :

– Ne peut-on pas envisager que Hávardur ait dit la vérité, qu'il ait vu quelque chose ?

– Je...

– Vous savez que vous avez droit à un avocat, je vous l'ai dit tout à l'heure.

– Non, c'est inutile, non, non..., bafouilla Hersir, toutefois troublé.

– Vous voulez que je vous dise ce que je crois ? Je crois que Hávardur a été témoin d'un meurtre.

Hersir ne broncha pas.

– Quand je l'ai interrogé, il m'a dit qu'un certain Finnbogi avait assassiné une femme. Il était inflexible. Seulement voilà, je ne connaissais pas de Finnbogi, et Ugla non plus. Ce n'est qu'après avoir discuté avec le fils de Hávardur que j'ai compris de qui il s'agissait. Vous le savez, peut-être ?

– Oui, souffla Hersir.

– L'ancien médecin de Hávardur.

Pas un mot.

– Ma théorie, poursuivit Ari, c'est que Hávardur a vu son médecin tuer une femme. Il a juste confondu les prénoms. Le passé s'est mélangé au présent dans son esprit. Hersir... Finnbogi...

L'homme demeura muet.

– Que lui avez-vous fait, à cette pauvre femme qui partageait la chambre de Hávardur ? L'héritage était donc si important ? J'ai cru comprendre que l'état de vos finances était alarmant…

Hersir ouvrit la bouche pour répondre, mais rien. Ari patienta.

– C'était si difficile pour nous, soupira finalement le médecin. Nous ne sommes pas ce qu'on appelle des gens riches. Tout notre argent est passé dans l'achat de ce bâtiment, et les travaux de rénovation ont été plus coûteux que nous l'avions estimé. Pour couronner le tout, nous n'arrivions pas à conclure de contrat avec les pouvoirs publics et… Et nous avons dû hypothéquer notre maison de Reykjavík, puis celle de Siglufjördur…

– Et la tante de Rósa était condamnée, quoi qu'il advienne, compléta Ari. Vous savez que je peux faire exhumer son corps afin d'établir la cause du décès.

– Elle était déjà partie, elle ne faisait que survivre. Il n'y en avait plus pour très longtemps… Elle n'avait personne d'autre que nous. Ma femme et moi.

– Votre femme qui était son unique héritière.

– Elle… oui. Et elle s'était tellement bien occupée d'elle tout au long de sa vie, nous avons toujours été là pour elle.

– C'était une somme importante ? L'héritage ?

– Je ne me rappelle plus le montant exact, je ne sais…

– Je pourrai me renseigner. On m'a parlé d'un beau pactole.

Hersir ne répondit pas.

– Largement assez pour vous éviter la faillite.

– L'argent nous a bien servis, dit-il simplement après un bref silence – mais le ton de sa voix suggérait qu'il aurait aimé, du moins à cet instant, ne jamais en avoir vu la couleur.

– J'ai eu une petite discussion avec Rósa. Je crois qu'elle a tout compris. Où est-elle ce soir, Hersir ? Je ne l'ai pas vue quand je suis venu vous chercher.

– Elle a dû sortir.

– Sortir ? Par ce temps ? Alors qu'on annonce une panne de courant généralisée ? Où ça ?

– Elle… Elle avait prévu quelque chose… de voir des gens…

Il mentait, c'était évident. Rósa l'avait-elle brusquement quitté ? Ari sentait que sa résistance s'amenuisait. Des aveux le soulageraient assurément – assumer les conséquences de ses actes.

– Dites-moi ce qui s'est passé, Hersir, reprit Ari posément.

C'est à cet instant que l'électricité se coupa.

41

La petite pièce sans fenêtre était plongée dans les ténèbres.

Ari resta figé un instant. Bien qu'annoncée, la panne d'électricité l'avait pris par surprise.

L'espace d'une seconde, il craignit que Hersir saisisse sa dernière chance et tente de s'enfuir. Le temps sembla passer au ralenti tandis qu'Ari tâtonnait sur la table à la recherche de son téléphone portable afin d'avoir une petite source de lumière. Son cœur s'emballa lorsqu'il crut entendre Hersir se déplacer, mais peut-être était-ce une illusion provoquée par le bruit qu'il faisait lui-même.

Il finit par remettre la main sur son téléphone, alluma la lampe torche et la dirigea vers le médecin.

Celui-ci n'avait pas bougé. La tête penchée, il semblait vouloir éviter le faisceau, mais Ari crut surtout déchiffrer dans l'expression de son visage une forme de capitulation.

Il s'était attendu à devoir se battre davantage.

– Je vais trouver une lampe quelque part. Ou des bougies, quelque chose…

– Ça ira, répondit Hersir.

Le ton de sa voix avait changé. Ari garda le silence.

– Elle était condamnée depuis si longtemps, déjà. Dans un état de faiblesse bien plus grand que celui de Hávardur aujourd'hui. Il ne lui restait que quelques semaines, tout au plus. Parfois, je me disais même que c'était une question de jours, mais elle semblait toujours reprendre du poil de la bête... Elle n'avait plus d'avenir, vous comprenez ?

Ari ne répondit rien. Il n'avait certainement pas l'intention d'approuver.

– Nous étions à deux doigts de sauver notre affaire, mais à chaque fois la situation empirait de nouveau. Et puis il y avait cet argent à portée de main, qui ne servait à personne... Nous étions en train de perdre notre maison – nos *deux* maisons – ainsi que le centre de soins. Ce soir-là, je me tenais à son chevet et j'attendais à vrai dire qu'elle pousse son dernier souffle. Je croyais que Hávardur dormait. Et je me disais que, de toute façon, personne ne prendrait sa parole au sérieux, même s'il se devait se réveiller. Et...

Un long silence.

– Vous l'avez assassinée ?

Le magnétophone émettait un grésillement continu en fond sonore. Ari voulait être sûr de garder une preuve matérielle de ces aveux.

– Je ne dirais pas que je l'ai assassinée.

– Quoi, alors ?

– Je ne comptais pas le faire. Ce n'était pas prémédité. J'ai comme baissé les bras, et j'ai appuyé son oreiller sur son visage pendant quelques instants. Il n'a pas fallu très longtemps. Elle voulait ce repos. Et, je la connaissais, elle aurait été heureuse que son argent nous aide, aide les gens. C'était plutôt de l'euthanasie, vous comprenez ?

– Suivez-moi, Hersir. Vous allez devoir passer la nuit ici.

– Ici ? Vous allez me laisser seul… dans le noir ?

Sa voix tremblait. Ari refréna la légère empathie qu'il sentait naître en lui. Il fallait qu'il téléphone à Ögmundur pour lui dire de venir immédiatement au poste assurer la surveillance du médecin.

L'adrénaline afflua dans son corps à la vitesse de l'éclair. Prochaine étape : une visite surprise à Bjarki.

42

– Entrez ! lança Bjarki de l'autre côté de la porte entrouverte.

Ari avait grimpé l'escalier dans la pénombre avec prudence, craignant de trébucher à chaque pas.

– Je suis dans mon bureau.

Il suivit la lueur qui provenait de la petite pièce. Il ne se sentait pas particulièrement à l'aise, seul dans l'obscurité avec un homme contre lequel il allait porter de lourdes accusations. Il n'aurait pas été contre avoir Ögmundur avec lui.

Passant devant le salon plongé dans le noir complet, Ari retrouva Bjarki assis à son bureau, éclairé par quelques gros cierges blancs fixés sur de vieux bougeoirs. Il eut soudain l'impression d'avoir fait un bond en arrière d'un siècle.

À son entrée, le jeune homme leva les yeux, la mine sombre. Ari ne parvint toutefois pas à discerner d'inquiétude ou d'alarme sur son visage. À vrai dire, c'était sûrement lui qui avait le plus peur à cet instant.

– J'essayais de lire à la lueur des bougies. Ce n'est pas une franche réussite, plaisanta Bjarki.

– Je veux bien vous croire, répondit Ari en s'attardant sur le seuil.

Il s'attendait à ce que l'historien l'invite à s'installer au salon, mais rien. Assis à son bureau, celui-ci se contentait de le regarder, dans l'expectative.

Ari savait très bien comment il voulait aborder la conversation. Il s'était préparé à observer attentivement la réaction de Bjarki. Mais l'obscurité compliquait les choses.

– Nous avons trouvé son téléphone, dit-il enfin.

Silence.

– Quel téléphone ?

– Celui d'Unnur.

– Il était perdu ? demanda Bjarki d'une voix égale.

– Je parle de son deuxième téléphone, celui qu'elle avait caché, répondit Ari froidement. Celui que vous essayiez de trouver lorsque vous vous êtes introduit chez Salvör.

Bjarki laissa échapper un rire théâtral.

– Je me suis introduit chez elle ? Qu'est-ce qui vous fait dire une chose pareille ?

– Vous étiez revenu à Siglufjördur, à vrai dire ça s'est passé la nuit même de votre retour. Qui a eu lieu plus tôt que prévu, non ?

– J'ai modifié mes projets, en effet, comme je vous l'ai dit, répliqua Bjarki d'un ton sec. Vous ne l'auriez pas fait, vous ? Quelqu'un s'est jeté du balcon de mon immeuble. Ça ne m'a évidemment pas laissé indifférent.

– Vous saviez ce qu'il y avait sur ce téléphone. Vous ne vouliez surtout pas qu'il atterrisse entre nos mains.

– Qu'est-ce qu'il y avait dessus ? Hein ? Dites-le-moi !

Son apparente sérénité avait volé en éclats.

– Toutes sortes de messages entre vous...

– Entre nous ? siffla-t-il après une seconde de silence. Je peux vous montrer mon téléphone, si vous voulez. Il ne contient aucun message d'Unnur. Je la connaissais à peine. Vous ne pouvez pas débarquer chez moi avec ce genre d'accusations...

– Je ne vous ai accusé de rien, Bjarki, rétorqua Ari avec calme.

L'historien sembla perdre ses moyens.

– Hein ? Je... Non, peut-être pas directement. Mais vous voyez ce que je veux dire...

– Je voulais simplement voir votre réaction, Bjarki. J'ai cru comprendre qu'Unnur n'était pas la seule lycéenne avec qui vous avez eu une liaison.

– Quoi ?

– Vous avez omis de m'informer du fait que vous aviez été son enseignant.

– Mon Dieu, je ne peux pas me rappeler le prénom de tous mes élèves ! Ce n'était qu'un remplacement, pendant un mois ou deux à tout casser !

– Est-ce qu'il y en a eu d'autres ? À part Unnur ?

Bjarki se leva avant de répondre d'une voix stridente :

– J'étais à Reykjavík quand elle s'est jetée du balcon ! Vous le savez très bien. Votre collègue m'a appelé pour le vérifier. Je n'ai rien fait, je... je ne *lui* ai rien fait.

– Personne ne dit que vous l'avez poussée de ce balcon, Bjarki. Elle a sonné chez Jóhann et Jónína, elle est montée tout en haut et elle a sauté. Une tragédie.

Ari marqua une pause avant d'ajouter :

– Elle n'avait que dix-neuf ans.

– Je sais. Et je ne comprends pas ce que vous faites ici, si vous êtes persuadé que c'est un suicide.

– Vous voulez que je vous lise quelques-uns des messages que vous avez échangés ?

– Je ne lui ai jamais envoyé de messages, je viens de vous dire de vérifier sur mon téléphone...

– Vous avez utilisé un autre numéro. Vous avez vos méthodes. Allez savoir si on ne trouverait pas un deuxième téléphone chez vous en cherchant bien, ou peut-être vous en êtes-vous déjà débarrassé ?

– Je n'ai rien fait ! cria Bjarki.

– Et si je vous lisais ces messages ? Les plus intéressants sont sans doute ceux où vous la menaciez de publier des photos d'elle nue, si elle vous quittait...

– Je ne sais pas de quoi vous parlez, fit Bjarki d'une voix puissante mais peu convaincante. Et je ne veux pas en savoir plus, ça ne me regarde pas, c'est la vie privée de...

– Vous trouvez ça normal, ce genre de menaces ? C'est illégal. Vous en êtes conscient ?

– Quoi ? N'importe quoi ! s'exclama Bjarki, la bouche pâteuse.

– Et vous trouvez normal d'avoir une relation amoureuse avec une lycéenne de dix-neuf ans[1], Bjarki ?

Il ne répondit pas immédiatement.

– Vous ne connaissez rien de ma vie privée, et ça ne vous regarde absolument pas. Il n'y a rien d'illégal à avoir une petite amie plus jeune, rien d'illégal...

– Vous avez eu une petite amie plus jeune ? De dix-neuf ans ? Peut-être même plus d'une ?

– Non, non...

1. En Islande, les élèves vont au lycée de seize à vingt ans.

Bjarki reprit place sur sa chaise de bureau.

– Vous savez que nous pouvons le découvrir, Bjarki. On peut retracer le chemin d'une carte prépayée, retrouver les vidéos de surveillance des boutiques qui les vendent, et j'en passe. Et une autre jeune fille est prête à témoigner qu'elle a eu une relation avec vous… On peut aussi éplucher les données du téléphone caché d'Unnur, les comparer avec le vôtre. Son autre portable a déjà été envoyé à Reykjavík pour une analyse approfondie. Je peux rapidement obtenir un rapport sur ses différents déplacements. On pourra ainsi savoir quand elle se trouvait avec vous.

– Ce n'était pas de ma faute ! s'écria Bjarki. Je ne suis pas responsable de son suicide. Je ne l'ai pas poussée.

– Personne ne l'a poussée. Mais on peut provoquer la mort de quelqu'un de manière indirecte.

– Bien sûr que non ! hurla Bjarki, à bout de forces. Vous ne me ferez pas porter le chapeau ! On ne peut pas traîner quelqu'un devant la justice pour ce genre de choses, pour un homicide « indirect »…

Sa voix faiblit sur la fin, comme s'il n'arrivait pas à se persuader lui-même.

– C'est tout à fait juste, répondit simplement Ari.

– Quoi ? souffla Bjarki en se penchant en avant.

– On ne peut pas vous poursuivre pour homicide, mais vous devrez venir dès demain au poste de police pour que je prenne votre déposition concernant ces menaces. Nous devons également alerter le lycée. Je ne pense pas qu'ils auront très envie de refaire appel à vos services.

– Vous ne pouvez… vous ne…

Il se tut.

– Mais surtout, vous devrez apprendre à vivre avec ça, reprit Ari. Avec la mort d'une adolescente sur la conscience. Je n'aimerais pas être à votre place.

Bjarki resta figé sur son siège.

– Je crois que nous en avons fini, conclut Ari.

– Vous ne pouvez pas faire ça, souffla l'historien à demi-mot.

– Faire quoi ?

– Me menacer de la sorte. Je ne pourrai plus vivre ici. Je devrai déménager et terminer mon livre ailleurs.

Ari secoua la tête, affligé. Bjarki n'avait visiblement pas compris que tout avait changé, que les chances qu'il conserve les aides financières de la ville lorsque l'affaire aurait éclaté au grand jour étaient quasi nulles.

Il poursuivit, sans doute plus pour lui-même que pour Ari :

– J'irai à Siglunes, je partirai plus tôt que prévu. Au moins, là-bas, on me fichera la paix.

43

Ari s'efforça de ne pas réagir.

Siglunes...

– J'étais justement là-bas ce week-end, lâcha-t-il négligemment.

Bjarki fixa sur lui un regard intense.

– Non...

– Si, avec le révérend Eggert. Je n'y étais jamais allé auparavant. Vous connaissez les deux hommes qui y habitent ?

– Vous ne comprenez pas, répliqua Bjarki. Je parle de Siglunes au Canada, là où ceux qu'on appelle les « Islandais de l'Ouest » se sont établis.

– Quoi ?

– C'est un vieux village qui a récemment changé de nom. J'y ai loué une maison, au bord du lac Manitoba. À l'époque, les immigrants islandais ont baptisé tous ces nouveaux lieux avec des noms qui leur étaient familiers.

Essayant de se concentrer sur le récit de Bjarki, Ari ne pouvait s'empêcher de repenser à ce qu'Unnur avait griffonné dans son journal. *Siglunes.* Elle comptait donc se rendre là-bas. Elle comptait aller *au*

Canada avec l'homme dont elle croyait être amoureuse avant que tout ne parte en fumée.

– Pourquoi ne pas l'avoir laissée en paix ? demanda-t-il soudain.

– Hein ?

– Pourquoi ne pas avoir laissé Unnur suivre sa route, vivre sa vie tranquillement ? Elle serait toujours vivante...

Bjarki ne broncha pas.

– Ces menaces si terribles, vouloir publier des photos intimes d'une jeune fille qui avait l'avenir devant elle. Qu'est-ce qui vous a traversé l'esprit ?

Ari savait qu'il devait se contenir, ne pas laisser la colère prendre le dessus, mais il n'avait pas pu s'empêcher d'élever le ton. Bjarki portait la responsabilité de la mort d'Unnur, malgré ce qu'il prétendait.

– Vous comptiez l'emmener avec vous au Canada ? C'était ce qu'elle croyait ?

Il fit un pas vers l'historien. Celui-ci eut un mouvement de recul, comme s'il craignait une attaque. Cela ne faisait clairement pas partie des intentions d'Ari, mais au moins il pourrait mieux observer ses réactions à cette distance.

– J'avais aussi une autre question, dit-il en s'approchant encore tandis que Bjarki demeurait pétrifié sur sa chaise. Comptiez-vous vraiment publier ces photos ? J'en doute. Cela aurait fini par se retourner contre vous, elle vous aurait dénoncé. Elle est donc certainement morte pour rien... Terrifiée, désespérée...

Il tourna les talons, un léger malaise au ventre. Depuis le seuil, il jeta un rapide coup d'œil par-dessus son épaule. Toujours assis dans le noir, Bjarki n'avait pas bougé, et Ari eut soudain l'impression que la lumière des bougies avait perdu en intensité.

44

À vingt heures, Ari était allé frapper à la porte d'Ugla, déterminé à ne commettre aucun impair, cette fois.

Il était à présent allongé, nu, à côté d'Ugla lorsque son téléphone se mit à sonner.

L'électricité n'était pas encore revenue, et pour couronner le tout, la panne avait aussi provoqué l'arrêt des pompes à eau chaude. Ari avait passé la journée au poste avec Ögmundur et au téléphone avec les secouristes et le maire. Les équipes de secours devaient passer chez tous les habitants pour distribuer des bougies et des lampes torches. Quant à Hersir, il était toujours en garde à vue, tandis que Bjarki circulait librement.

Il avait posé son téléphone sur la petite table de chevet. Il n'avait pas l'habitude de s'en séparer, son travail était trop important à ses yeux, mais il ne voulait pas être dérangé.

Il était bientôt vingt-trois heures. Il n'avait pas l'intention de se lever avant l'aube. Cette nuit-là, il voulait la passer avec Ugla. La soirée avait pris un tour inattendu, même si c'était d'une certaine manière exactement ce qu'il avait espéré.

Il se rappela soudain sa rencontre avec Kristín, à l'anniversaire d'un ami commun. Ils étaient si jeunes, Ari ne savait pas ce qu'il voulait, il n'était encore qu'un étudiant orphelin qui se cherchait un but dans la vie. Ils allaient plutôt bien ensemble, même si Kristín était beaucoup plus organisée, formelle, déterminée que lui. Et puis quelque sept ans auparavant, il avait rencontré Ugla. En y repensant, ce qu'il avait ressenti pour elle avait été plus fort que l'amour qu'il éprouvait pour Kristín, immédiatement. Dès le départ, il s'était établi entre eux un puissant lien. Tout semblait facile, sans effort. Et aujourd'hui, l'avenir leur souriait de nouveau.

Se tournant vers lui, Ugla posa la main sur son épaule.

– Ne décroche pas… ne décroche pas, murmura-t-elle.

Il hésita.

– C'est cette tempête, tu sais… dit-il, gêné. Je dois…

Il ne lui avait rien dit au sujet de la garde à vue de Hersir. Rien ne pressait.

– Je t'en prie, je plaisante. Vas-y, réponds.

Elle semblait toujours d'humeur si légère. Ne faisait jamais d'histoires.

Il se redressa et se pencha sur son téléphone. Salvör, la mère d'Unnur. Il laissa sonner, mais elle insistait. Il se tourna alors vers Ugla qui haussa les épaules, un sourire aux lèvres.

– Ari Thór, répondit-il du ton sec et formel qu'il employait lorsqu'il était au poste de police.

– Excusez-moi de vous déranger. J'aurais besoin de discuter un peu avec vous… J'ai quelque chose à vous dire.

– Ça ne peut pas attendre demain ? Passez au poste dans la journée. Je suis occupé, là…

– En fait, c'est très urgent.

– Je peux vous accorder quelques minutes, si vous voulez m'expliquer ça au téléphone, tenta-t-il.

Salvör ne céda pas :

– Venez à la maison, s'il vous plaît. Je dois vous parler en tête à tête. Je n'en ai pas pour longtemps, promis.

Et merde, songea Ari en regardant Ugla.

– Attendez une seconde, Salvör.

Il coupa le micro de son téléphone.

– Ça ne te dérange pas si je m'absente une petite demi-heure ? C'est la mère d'Unnur…

Son cerveau bouillonnait – restait-il quelque chose à découvrir sur la mort de l'adolescente ?

– Vas-y, Ari, répondit Ugla. Elle a perdu sa fille, va discuter un peu avec elle. Je ne bouge pas du lit, ajouta-t-elle avec un clin d'œil malicieux.

– Bon. OK, je fais vite.

Ari ralluma le micro.

– Je vais me libérer, je peux venir immédiatement ?

– S'il vous plaît, oui. Merci.

– Je ne resterai qu'une demi-heure.

– Ça suffira.

– J'arrive.

Il embrassa Ugla, se leva et se rhabilla.

– Ne traîne pas trop…

– Promis.

Il fut alors envahi d'une sensation désagréable. Combien de promesses avait-il trahies malgré lui au cours de son existence ? Il repensa d'un coup à son père, qui avait failli à tous ses engagements en disparaissant du jour au lendemain.

– Promis, répéta-t-il néanmoins.

45

Tandis qu'il affrontait le vent saisissant du nord et les flocons qui tourbillonnaient autour de lui, Ari se demanda si l'enquête avait vraiment été résolue, comme il le croyait. Avait-il commis une erreur ? Tiré de mauvaises conclusions ? Que voulait lui dire Salvör, qu'est-ce qui pouvait bien être aussi urgent ? Tout s'était passé si rapidement. Cela ne faisait que quatre jours que le corps d'Unnur avait été retrouvé.

Que savait Salvör ?

Est-ce que...

Non, bon sang, elle ne pouvait quand même pas avoir joué un rôle dans la mort de sa fille. C'était complètement absurde.

Poursuivant sa route, il laissa son esprit divaguer. Lui avait-elle caché quelque chose ? Si c'était le cas, pourquoi le lui révéler maintenant ? Ou bien un nouvel indice avait-il refait surface ?

Il ne supportait pas l'idée qu'une pièce du puzzle ait été mal placée, qu'il ait laissé passer un détail.

À mesure qu'il approchait de chez Salvör, il se sentait de plus en plus mal à l'aise, comme si une menace le guettait. Il songea à appeler Ögmundur pour lui demander du renfort, mais se ravisa. Il n'était pas en danger, c'était ridicule.

Entre la tempête qui faisait rage et la coupure d'électricité, la maison était plongée dans les ténèbres. Ari fut saisi d'un frisson qu'il mit sur le compte du froid.

L'écho de la sonnette résonna à l'intérieur, puis Salvör vint rapidement lui ouvrir, le visage décomposé.

– Entrez.

Elle le mena dans le salon, où une seule bougie était allumée.

– Merci. Je n'ai pas beaucoup de temps devant moi, dit-il, aussi poliment que possible.

– Asseyons-nous, oui... Asseyons-nous, marmonna-t-elle, comme si elle n'avait pas entendu un mot de ce qu'il venait de lui dire.

Ari prit place face à elle, de l'autre côté de la table basse. À la lueur terne de la bougie, elle était d'une pâleur cadavérique. Elle restait désespérément muette, comme si elle ignorait par où commencer.

46

– Encore une fois, je tiens à vous dire à quel point je suis navré, tenta Ari pour briser le silence.

Il laissa la phrase flotter en l'air quelques instants, des paroles auxquelles Salvör pourrait se raccrocher. La tentative se révéla néanmoins infructueuse, la femme se murait dans son mutisme, regardant par terre, pétrifiée.

Il patienta, compta les secondes dans sa tête, se demanda combien de temps il fallait lui accorder. Peut-être avait-elle simplement besoin de parler à quelqu'un. Auquel cas Ari n'était pas sûr d'être la bonne personne. Devait-il proposer d'appeler le révérend Eggert ?

Il songea à Ugla, seule chez elle. Elle lui manquait déjà. Une sensation par ailleurs plutôt plaisante.

– Je ne savais pas si je devais vous téléphoner, lâcha Salvör d'un coup, faisant tressaillir Ari. Je me suis posé la question un moment, je me disais que c'était peut-être une mauvaise idée.

Se redressant, il tendit l'oreille. Elle protégeait donc bel et bien un secret.

– Il n'est jamais trop tard pour dire la vérité, souffla-t-il, observant sa réaction.

Elle semblait complètement apathique, comme en proie à un choc brutal. Il eut de nouveau la sensation que ses mots ne l'atteignaient pas, qu'elle s'était réfugiée sous une épaisse carapace impossible à transpercer.

– Elle n'avait pas à mourir, voilà ce que je n'arrête pas de me répéter depuis la dernière fois où nous nous sommes vus, Ari. Tout ça me paraît tellement vain. Elle n'avait jamais causé le moindre problème, avait toujours suivi le droit chemin, et elle nourrissait tellement d'ambitions pour l'avenir. Si je ferme les yeux, je l'entends… Je l'entends me décrire ce qu'elle a l'intention de faire après son bac. Et les rares fois où j'arrive à m'endormir, elle m'apparaît en rêve et…

Elle poussa un long soupir.

– Et je sais ce qui s'est passé, bien sûr, je le sais très bien…

Alors, pour la première fois depuis son arrivée, elle regarda Ari dans les yeux.

47

– Elle n'était pas seule sur le balcon ? demanda Ari.

– Seule ? fit Salvör sans cacher sa surprise. Comment ça ? Bien sûr qu'elle était seule ! Elle a sauté, vous le savez.

– Je croyais peut-être... que vous aviez d'autres informations.

– Vous ne comprenez pas, Ari. Vous croyez qu'il était avec elle, ce salaud ? Non, il était à Reykjavík, bien sûr, mais il aurait tout aussi bien pu la pousser lui-même.

Ari hocha la tête.

– Il sera sans doute poursuivi pour ces menaces, dit-il. Je vais prendre sa déposition demain. Je pense qu'il quittera bientôt la ville, vous n'aurez pas à craindre de le croiser.

– Il fallait que je lui parle. Il est venu tout à l'heure.

Ari resta coi quelques secondes.

– Vous l'avez invité chez vous ? reprit-il.

– Je voulais entendre son point de vue, je voulais lui montrer la chambre d'Unnur, lui montrer ce qu'il m'avait volé...

– Il vous a donné des explications ?

Salvör le regarda comme si elle ne comprenait pas la question.

– Des explications ? Comme quoi ? soupira-t-elle. Tout est clair, il a poussé ma fille du haut de ce balcon, l'a tuée avec ses horribles menaces. Quel genre d'homme peut faire une chose pareille, Ari ? Unnur n'était encore qu'une enfant.

De toute évidence, elle n'avait demandé à Ari de venir que pour lui parler encore une fois du drame qu'elle traversait. Ce qu'il comprenait parfaitement. Elle était seule, accablée par un désespoir sans fond. Seule dans les ténèbres, enfermée dans un tourbillon de souvenirs. Il ne pouvait même pas concevoir à quel point elle devait souffrir. Il se dit alors qu'il fallait sans doute garder un œil sur elle, s'assurer qu'elle ne se ferait pas de mal. Peut-être envisageait-elle elle aussi le suicide, peut-être son appel à Ari était-il une ultime tentative de se raccrocher à la vie.

Il ne se sentait toutefois pas capable de lui prodiguer l'aide dont elle avait besoin. Selon toute vraisemblance, Salvör avait perdu le lien avec la réalité.

– Je ne peux imaginer comme cela doit être difficile, dit-il simplement.

Elle baissa la tête. Ari s'attendait à entendre un sanglot, mais il ne perçut qu'un silence étourdissant.

48

Salvör releva les yeux et planta son regard dans celui d'Ari, avec une expression si dure qu'il en frémit.

– C'est vrai. On essaie juste d'affronter. Chacun à sa manière, j'imagine.

– Vous voulez que j'appelle le révérend Eggert ? Vous avez peut-être envie de discuter avec lui, de demander conseil...

– Eggert ? fit-elle, un vague sourire aux lèvres. Non, il ne peut rien pour moi. Je l'aime bien, mais je crois que ce serait une perte de temps.

– Vous en êtes sûre ?

– Certaine.

– Vous ne voulez vraiment pas que je contacte quelqu'un, Salvör ? Il ne faut pas rester seule.

– Ce n'est pas la peine, murmura-t-elle d'une voix traînante. Vraiment pas la peine...

– Ça ne me pose aucun problème, insista Ari, légèrement impatient. Si vous vous sentez mal...

Malgré son obstination à vouloir lui trouver un soutien, il était convaincu que Salvör n'accepterait jamais.

– Est-ce que le fait de parler à Bjarki vous a au moins un peu soulagée ? demanda-t-il après un bref instant de silence.

Détournant le regard, elle réfléchit.

– Soulagée ? Je ne sais pas, Ari. Je n'en suis pas sûre.

Elle soupira.

– Est-ce qu'il vous a révélé de nouvelles informations ? Quelque chose que vous voudriez que nous analysions d'un peu plus près, Salvör ?

Elle hocha la tête.

– Oui... Il ne cessait de répéter qu'il était navré...

– C'est la moindre des choses, souffla Ari, comme une simple ponctuation.

Elle ne fit aucun commentaire, poursuivit son récit comme si de rien n'était :

– Mais il ne s'est pas excusé de sa relation avec ma fille. Il m'a dit qu'il l'aimait, mais...

Elle reprit, un nœud dans la gorge :

– Comment pouvait-il l'aimer, Ari ? C'était une enfant, et lui, un adulte, son professeur. Je ne comprends pas.

Ari n'avait pas de réponse. Il n'était en vérité que spectateur de la tragédie qui se déroulait sous ses yeux, même s'il avait été en charge de l'enquête. Il ne s'estimait en outre pas capable de fournir à cette pauvre femme le soutien dont elle avait si désespérément besoin. Peut-être que s'il avait terminé ses études de théologie à l'époque...

Salvör continua :

– Il ne voulait pas assumer sa responsabilité.

– Comment ça ?

– Dans la mort d'Unnur. Il s'excusait, encore et encore, de tout et de rien, mais lorsque je lui ai dit qu'il était responsable de son suicide, il a nié. Il disait que d'autres choses avaient dû entrer en ligne de compte – l'anxiété, la dépression. Il disait que ce qui s'était passé n'était pas de sa faute. Que ce n'était pas juste de lui mettre ça sur la conscience pour le restant de sa vie...

– Ce ne sont que des mots, Salvör. Vous ne devez pas y prêter attention. Vous savez très bien ce qu'il en est.

Le regard perdu dans le vide, elle poursuivit, comme si elle n'avait rien entendu :

– Est-ce *juste*, ce qui vient de m'arriver ? Que je doive rester seule dans cette grande maison alors qu'il me l'a prise ? Est-ce juste, Ari ?

– Non, évidemment.

Il se leva.

– Je dois partir. Je vous recontacte demain ?

Elle l'imita, souleva le bougeoir et le regarda droit dans les yeux, l'air déterminé.

– Vous ne pouvez pas partir. Pas tout de suite.

Ari fut alors traversé par une sensation désagréable.

49

Elle se tenait près, beaucoup trop près de lui, de sorte qu'il dut faire quelques pas en arrière, jetant un rapide coup d'œil par-dessus son épaule pour éviter de se cogner à un meuble.

– Je dois y aller à présent, répéta-t-il d'un ton plus décidé. À moins qu'il n'y ait quelque chose que vous auriez oublié de mentionner ?

– Oui.

Il s'immobilisa, la regarda.

– Un élément important ?

À nouveau, il eut l'impression que quelque chose était allé de travers.

– Suivez-moi, répliqua-t-elle avec lenteur avant de rejoindre le couloir, où la seule source de lumière était cette bougie qu'elle tenait à la main.

Elle se dirigeait vers la chambre de sa fille.

– Que voulez-vous me dire, Salvör ? insista Ari.

Elle s'arrêta.

– Je vais vous montrer quelque chose.

Puis elle reprit son chemin, ouvrit la porte de la chambre et lui tendit le bougeoir. Elle regarda en arrière et, avant qu'Ari ait eu le temps de jeter un coup d'œil à l'intérieur, elle murmura :

– Pardonnez-moi.

Il n'aurait su dire si elle s'adressait à lui ou à quelqu'un d'autre. Peut-être au bon Dieu, en qui il ne croyait plus.

– Vous pardonner quoi ? dit-il, faisant un pas dans la chambre.

Il eut alors un soudain mouvement de recul, horrifié.

– Est-ce… est-ce…

Il ne parvenait plus à trouver ses mots. Avançant de nouveau, il se demanda l'espace d'une seconde s'il était lui-même en danger. Peu de chances. Il jeta malgré tout un coup d'œil par-dessus son épaule pour s'assurer que Salvör était à bonne distance. Appuyée contre le cadre de la porte, elle semblait brisée.

Le corps de Bjarki gisait dans une flaque de sang. Aucun signe de vie. Ari se baissa pour prendre son pouls, gardant un œil de côté sur Salvör qui ne bougeait pas. Pas un battement.

Il attrapa son téléphone portable et appela Ögmundur pour lui expliquer la situation.

– Je ne sais pas… Je ne sais pas ce qui m'a pris, souffla Salvör lorsqu'il eut raccroché.

Ari se tourna vers elle.

Il avait éprouvé tant d'empathie envers elle, elle était la victime dans cette horrible tragédie, il avait perçu combien le chagrin et la solitude avaient resserré leurs griffes sur son existence après la mort de sa fille. À présent tout était bouleversé, son empathie avait fondu comme neige au soleil, et il ne voyait plus rien dans ses yeux qu'une lueur impitoyable – fût-elle imaginée ou réelle.

Patient, il écouta ce qu'elle avait à dire. Ögmundur était en route, il avait décidé de laisser Hersir seul un moment et comptait appeler les secours sur le chemin, même si, de toute évidence, on ne pouvait plus rien pour Bjarki.

– Il faut me croire, Ari, je ne voulais pas lui faire de mal. Je voulais simplement qu'il admette ses actes, qu'il en assume les conséquences, je voulais qu'il me montre qu'il regrettait. Rien de tout ça ne me l'aurait ramenée, je le savais bien, mais c'était important pour moi... Je souffrais si terriblement.

Ari n'en doutait pas.

– Mais il refusait cette responsabilité, il noyait le poisson. Alors j'ai proposé que nous allions voir la chambre d'Unnur. *Sa chambre d'enfant*. Je voulais lui montrer que ma fille n'était *qu'une enfant*. Mais il s'est passé une chose à laquelle je ne m'attendais pas, Ari.

Elle s'arrêta, inspira profondément.

– Bjarki savait où c'était. Il s'y est rendu directement, il a ouvert la porte, et j'ai compris qu'il était déjà venu ici. C'est là que j'ai perdu le contrôle.

50

Il était déjà tard lorsque Ari frappa à la porte de chez Ugla.

Salvör avait admis son crime sans difficulté. Elle disait avoir sombré dans une fureur irrépressible, attrapé le premier objet à portée de main, ce vase en cristal qu'Unnur avait reçu à sa communion, avant de se jeter sur l'homme. Un coup aurait peut-être suffi, mais il risquait de survivre, alors elle avait frappé, frappé, encore et encore.

Une partie d'elle semblait regretter son acte. Seulement une partie.

Peut-être qu'au fond, elle estimait avoir fait ce qu'elle devait faire – elle n'avait plus rien à perdre, de toute façon. Elle était à présent enfermée dans une petite cellule du poste de police, à côté de celle de Hersir. Ögmundur assurait la garde.

Ugla mit un petit temps à venir ouvrir. Il l'avait visiblement réveillée. Les traits tirés, elle lui sourit malgré tout.

– C'était un peu long, je n'arrivais plus à garder les yeux ouverts, je me suis écroulée, dit-elle.

Ari lui avait envoyé quelques messages pour la prévenir de son retard, sans plus d'explication.

– Je suis désolé.

– Je m'inquiétais pour toi.

– Je vais bien, c'était juste…

Il ne savait pas exactement comment expliquer les événements terribles de la soirée. À vrai dire, il n'en avait pas envie. Pas tout de suite.

Elle fit un pas vers lui, l'embrassa et lui dit :

– Tu me raconteras tout ça plus tard. Viens.

Il la suivit à l'intérieur et referma soigneusement derrière lui. La température était glaciale dans l'appartement.

– Les radiateurs ne fonctionnent plus, dit-elle, comme si elle avait lu dans ses pensées. Dépêchons-nous de nous réfugier sous la couette.

Il sourit.

Et à sa propre surprise, il eut l'impression d'être rentré à la maison.

Remerciements

Pour leur relecture du manuscrit, je tiens particulièrement à remercier mon père, Jónas Ragnarsson, originaire de Siglufjörður, la procureur Hulda María Stefánsdóttir, et Lýður Þór Þorgeirsson.

RÉALISATION : NORD COMPO À VILLENEUVE-D'ASCQ
IMPRESSION : NORMANDIE ROTO IMPRESSION S.A.S À LONRAI
DÉPÔT LÉGAL : SEPTEMBRE 2020. N° 144720-4 (2004805)
IMPRIMÉ EN FRANCE